炎の姫と戦国の聖女

中村ふみ

white heart

講談社X文庫

目次

イラストレーション／アオジマイコ

炎の姫と戦国の聖女

第五章　散る花

1

「あなたの父は、この国の支配者です」

娘の髪を梳《と》かしながら、カテリナが言った。

母が父のことを話すのは初めてだった。六つくらいの頃だろうか。よく意味がわからなかった。支配者とはなんだろう。

千寿《せんじゅ》は生まれたときから尼寺にいた。寺の外のことは知らない。せいぜい裏手にある森を駆け回るくらいだ。

「羽柴秀吉《はしばひでよし》様です」

傍らにいた住持様が名を挙げてくれたが、それでもわからなかった。この年、織田信長《おだのぶなが》という天下人が謀反を起こされて死んだ。どうやら天下を制する地位にあるのは、信長の家臣だったその羽柴秀吉という男らしい。

このとき秀吉は関白でも太閤《たいこう》でもない。とりあえず現在、この国で最も権力を持つだろうと思われる男、そういう解釈をするしかなかった。

母が支配者と言ったのは、千寿に覚悟を持たせるためだったのだろう。長い戦乱が続き、未《いま》だ安定をみないこの国でのぼり詰めようとしている男が父親なのだ。失敗すれば、その身内もただでは済まない。成功すれば、母娘《おやこ》ともども入城の命が下るかもしれない。いずれにせよこの時期、母はずいぶん不安だったようだ。

「父上……会ってみたい」

「会えばあなたの存在が公になってしまう。わたしはそれが怖い……」

どうやら自分は父にとって隠し子であるらしい。母は隠されたままのほうがいいと考えているのだ。だが、当の千寿はまだそこまでは理解できなかった。

「怖い？　父上は悪い人か？」

「よいといえばよいし、悪いといえば悪い。るちや──いえ、千寿。誰から見ても善人など、この世にはいません。人は皆、玉虫色で、本当の色など持たぬものです」

あなたから見れば優しい母でも、祖国の聖職者たちが見れば魔女。母はそう言いたかったのかもしれない。

「父上は、まぁまには何色に見えた？」

母を苦しめた連中の視点など、どうでもいい。千寿にとって母はこの世で最も美しい。悪いものなど一欠片《ひとかけら》もない。だから母が父をどう思っていたかが千寿にとってすべてだ。

櫛《くし》を滑らす母の手が止まった。

「そうね……わたしには優しい人でした。髪を撫《な》でて『カテリナ、故郷が恋しいか、可哀想《かわいそう》にのう。いつか連れて帰ってやりたいものだ。南蛮のように儂《わし》がこの国を広げれば、おまえも大手を振って自由に帰ることができるかもしれぬ』と言ってくれました」

異端の疑いをかけられ、殺されかけ、この国に売られてきた母……。

南蛮人の貿易商が、最初は織田信長に献上したのだという。南蛮のものに強い興味を持っていた信長だが、特に女に執着はなかったらしく、閨《ねや》に呼ぶこともないまま、すぐに秀吉にくれてやったらしい。秀吉は一年ほど寵愛《ちょうあい》していたようだが、その後、母をこの寺に預けた。このときは父も母も、身籠《みご》もっていることを知らなかったのだ。

自分たち母子の存在は、この国では異質なもの。このまましばらく尼寺で静かに暮らしたいと、父に伝えていたらしい。

「なら、優しい人なんだ。わたしも会いたい。髪を撫でてほしい――父上に」

父上に……。

おぼろげだった記憶だが、今はっきりと思い出した。

なんだかんだ言っても結局、父への想《おも》いはあった。だから余計に辛《つら》かったのだ。父の起こした戦で、父の兵の手で、すべてを焼き尽くされてしまったことが。

「美しい御髪《おぐし》です」

記憶が鮮明になったのは、髪を梳かしてもらったせいだろう。

先ほどから若い侍女が、千寿の身なりを整えてくれていた。田鶴《たづる》と名乗ったその娘は歳《とし》よりあどけなく、少し晴姫《はるひめ》に似ていた。

城内はちょっとした騒ぎになった。

赤い髪をした粗野な女が現れ、太閤の娘だというのだから当然だろう。秀吉は女好きではあるが子胤《こだね》は乏しかったらしく、子どもは極めて少ない。夫のいる中年の妹ですら無理やり家康《いえやす》の正室にしなければならないほどだ。そこに現れた御年十九の実子である。たとえ姫であっても、今後の豊臣《とよとみ》を左右する人物であることに間違いないのだ。

千寿は太閤との面会を待つ間、豪奢《ごうしゃ》な着物に着替えさせられた。そんな暇はないと叫びたかったが、揉《も》めている時間も惜しい。言われたとおり黙って着替えた。少なくとも、太閤が千寿を娘と認めている証拠になる。――豊臣の姫として扱われているのだ。

「この、髪がか？」

「はい。艶《つや》やかで華やかで」

太閤の娘に気を遣ってくれているのだろうが、悪い気はしない。侍女は下げ髪を作り、うなじのところで髪を丈長《たけなが》で留めた。

初めて入った城の中は、とにかく広かった。まだ新しく、造りかけているところもあり、木の匂《にお》いがした。

陽が高くなってくるのがわかる。千寿は焦っていた。そろそろ駒姫《こまひめ》たちを乗せた牛車《ぎっしゃ》が処刑地に向かう頃なのではないか。

「太閤はまだか。いつ会える」

苛立《いらだ》って、控えていた年配の侍女に怒鳴った。身分の高い侍女なのだろう。未だ千寿に不信感を抱いているようだ。

「お待ちくださいませ。宇治の茶はお口に合いませんか。南蛮の茶も用意できますが」

「茶などのんびり飲んでいる気分ではない」

「摂津《せっつ》の豪商、大野木双悦《おおのぎそうえつ》様よりいただいた英吉利《イギリス》という国の茶器がございます。千寿様ならばきっとお気に召すかと」

わざとゆっくり話してくる。この年配の侍女の態度はいちいち気に障った。

「南蛮人なら南蛮のものが好きだろうとでも言いたいのか。言っておくが、そんなものに興味はない。わたしはこの国の女だ。父親に会いに来たのだ。案内《あない》せい」

侍女は忌々《いまいま》しげに眉間《みけん》に皺《しわ》を寄せた。こんな姿形をした乱暴な娘が、太閤の姫君であるわけがないと思っているのがありありと表情に浮かんでいる。

「太閤様におかれましてはこの夏の暑気にあてられ、お加減もあまり思わしくなく――」

「では、こっちから見舞いに行ってやる。太閤の寝所はどこだ」

千寿はすっくと立ち上がった。白い間着《あいぎ》にきらびやかな打ち掛けを腰に巻いた夏の正装である。これでも充分暑苦しい。

侍女たちが止めにかかるが、千寿は易々《やすやす》と廊下に出た。すると柱の陰に小さな男の子が隠れているのが見えた。子どもは千寿を見つめて、にこっと笑った。

「あ……ねうえ?」

姉――ということは、この子は太閤の嫡男拾丸《ひろいまる》か。千寿はまじまじと見つめ返した。

思わぬ対面に、侍女や家臣たちがおろおろする中、奥から一人の女が現れた。堂々とした態度は只者《ただもの》ではない。着物にしがみついた拾丸を、女は抱き上げた。

「千寿殿ですね、こちらへ」

それまで止めに入っていた侍女たちが、かしこまって見送る。

「太閤のところだな」

千寿はあとに続いた。この女が淀《よど》殿だろう。

「早く会いたいと思っておられるくせに、あれでかなり見栄《みえ》っ張りなのです。待っていたら日が暮れますから」

どうやら、時間がかかりそうなのを見越して、強引に千寿を連れていこうということらしい。こんなことが許されるのは正室か、唯一の男子を産んだ側室だけだ。

階段を上り、二階の奥へと進む。

「いつもは一階にお住まいなのですが、あまり動けなくなってからは、少しでも眺めのいいところがよいとおっしゃいます。同じ庭ばかり見ていても飽きるのでしょうね」

思った以上に太閤は弱っているらしい。

母親にしがみつきながらも、ときどき肩越しに千寿を見ようとする幼子。そんな気分ではないのだが、ついつられて微笑《ほほえ》んでしまう。可愛《かわい》らしい子だ。

(歳をとってからこんな子ができたら、天下の太閤でも血迷ってしまうのかもしれんな)

そんなことを思う。

「可愛いな」

「元気すぎるようです、目を離すとすぐどこかへいなくなってしまって。本当に、この子が健康なことがどんなにか……」

嬉《うれ》しいことか。そう続けたかったのかもしれない。淀殿の先の子は亡くなっている。

部屋の前まで来ると、少し待ってくれと言って淀殿は中へ入った。声が聞こえてくる。

「千寿殿をお連れしました」

「なんだと、儂《わし》はまだ寝間着だ。床から出ておらん」

千寿は息を呑《の》んで聞き入った。明らかに老人の声だ。

「親子なら気にすることもありますまい。しゃきっとなさいませ。千寿殿はずっと父親に会えずにいたのです。これ以上待たせる気ですか」

叱責《しっせき》され、太閤はううむと唸《うな》る。

「わかった……連れて参れ」

出てきた淀殿は千寿に耳打ちする。

「三条河原《さんじょうがわら》でのこと、止めたいのであれば急ぎなさい」

どうやら徳永《とくなが》の家臣から、千寿が駒姫を気にかけていたと聞いていたらしい。この日、この時を選んだかのように娘の名乗りをあげたのは、そういう理由だろうと察したようだ。なかなか賢い女だ。

促されて千寿は中へ入る。そこにいたのは、床の上で上半身を起こした老人だった。

（これが太閤……）

痩《や》せていて、威厳というものは感じなかった。六十くらいだと聞くが、歳より上に見える。暑気あたりでやつれているだけとは思えなかった。

「おお……おお！」

太閤は千寿を見ると、感嘆の声をあげた。

「その髪……カテリナと同じだ。確かに儂の娘じゃ」

顔だちはあまり母と似ていなかった千寿だが、髪だけは同じ炎の色をしていた。

「せっかくの対面に水をさすのは無粋というもの。それ、我らは席を外しましょう」

淀殿が周りにいた者たちを促す。小姓や医者がいたが、太閤の口から娘と認める言葉が出たことで皆納得したらしく、淀殿に続いて退出した。

「こっちへ、はよう」

太閤の傍らに座ると、待ちきれないように手を伸ばしてきた。髪に頬《ほお》に、枯れた手が触れてくる。

「寺が焼けて生き残った者はいないと聞いていた。よくぞ生きていてくれた……千寿」

鼻水まで垂らして、よかったと咽《むせ》び泣《な》く。

「死んだと知って悲しかったのか？」

「当たり前だ。ちゃんと供養しておったぞ、おまえとカテリナのことは」

本当にすまなかった、と太閤は告げる。猿のような老父の泣き顔に、あれほど憎んだ気持ちが揺らいだ。

たったこれっぽっちで許しては、亡くなった母に申し訳ない気がしたが、これも親子ということなのだろう。千寿が求めていたのは威厳のある父ではなく、母子の死を悲しみ、娘が生きていたことを喜んでくれる父だった。

（仇《かたき》を……討たなくていいのか）

千寿は安堵《あんど》した。ずっと抱えていた重荷をおろした気分だった。

死んだと思っていたのなら、仁吉《じんきち》を放ったのは太閤ではないのか。だとすれば、あの忍びは誰の命を受けたのか。わからないことだらけだ。だが、それは今はどうでもいい。

「父上に、頼みがある」

そう呼ぶのにはまだ抵抗があったが、致し方ない。

「なんでも言うがいい。何がほしい？　金糸銀糸の打ち掛けか、鼈甲《べっこう》の櫛《くし》か」

「関白の妻妾《さいしょう》たちを助けてほしい」

父と呼ばれた喜びでくしゃくしゃになっていた太閤の顔が、すっと素に戻る。

「それはならん」

不快そうに眉《まゆ》をひそめるのへ、千寿は食い下がった。

「なぜだ。たとえ戦で勝っても敵の女子どもは助けるのが、武士の世のならいのはず」

「つまらないことを言うでない。おまえは黙ってこの父に甘えていればよいのだ」

「だから甘えている。助けてくれと。わたしは母を殺した秀吉という男をずっと憎んでいた。その憎しみを捨てる。だから、関白の女たちを殺さないでくれ」

太閤の眉が悲しげに八の字になった。

「そうか、憎んでおったか……しかしな、これぱかりは曲げられんのだ」

諭すように千寿の手をとる。

「秀次《ひでつぐ》は可愛い甥《おい》だ。それでも、許せないと決めて切腹させたのだ。甘い顔をしては示しがつかぬ。身内だからこそ、厳しくせねばならんのだ。それが天下を統《す》べる者の務め」

「女や子どもは関係なかろう」

「血を断たねばならん。女たちは胤《たね》を宿しているやもしれぬ。現にカテリナがおまえを孕《はら》んでいたことを、儂は知らなんだ」

千寿は愕然《がくぜん》とした。唇が震えたが、ここで言い負かされるわけにはいかなかった。

「最上《もがみ》の姫君は上洛《じょうらく》したばかりで、関白と会ったこともない。子など宿すわけがない」

太閤はふむと唸った。

「出羽守《でわのかみ》の娘か……同じことをお茶々《ちゃちゃ》にも言われたな。徳川《とくがわ》にも助けられないかと打診された。おまえまで最上の姫の命乞《いのちご》いをするとはのう。どういう関係だ」

「知り合いの知り合いだ。助けてくれないなら、豊臣秀吉はわたしにとって父ではなく、母の仇だ。どうする、わたしも殺すか？」

親子の情を逆手にとった脅迫だが、もはやゆっくり説得する余裕はない。

初対面の娘の激しさに、太閤も度肝を抜かれたようだった。顎《あご》をこすって思案する。

「たおやかに見えて、カテリナも気が強かった……似ておるの」

そう言うと、ぱちんと扇を鳴らす。

「ならば、おまえがこの先、豊臣の姫として生きると誓うなら、最上の娘だけは助けてやろうぞ。その言葉遣いや態度は改めてもらう。髪も染めるのだ」

今度は千寿が考え込んだ。この城で暮らし、太閤の望みどおりの輿入《こしい》れをしろということか。母と同じこの髪を、黒く染めろとは……これまでの千寿を全否定するつもりか。

だが、昨夜の駒姫の姿が思い出された。あの健気《けなげ》な娘を死なせるのか。

「……わかった。駒姫を助けてやってくれ」

屈するのは我慢ならないが、悔しがっている時間も惜しい。

「誰ぞ、おるか」

太閤はかすれた声を張り上げた。すぐに小姓が現れる。

「ただちに早馬を出して、三条河原へ向かわせろ。最上の娘だけは一命を助け、尼となるよう申しつける。駒姫の処刑を止めるのだ」

命令が下った。

2

青空が広がっていた。蒸し暑く、まだ秋の空には見えない。

陽射《ひざ》しを浴びて煌《きら》めく川を背に、ざっと鮮血が散った。これで何人目か。

刑の執行は昼から始まった。最初に殺されたのは子どもだ。母親が泣き叫ぶ前で、小さな遺骸《いがい》は大きな穴へ放り投げられた。

妻子が殺される様を、腐った首が見つめている。切腹後に晒《さら》された関白秀次の首だ。お紋《もん》の隣にいた女が、白目をむいて倒れた。公開処刑に慣れた京の住人が悲鳴をあげて失神する。それほどまでにむごたらしい光景だった。

（わざわざ見物に来ておいて、しらじらしい……）

お紋は倒れた女を見下ろして、そう思う。こういう連中が大嫌いなのだ。中途半端な残酷性に反吐《へど》が出る。修羅となって首を刎《は》ねていく男のほうがよほどましだ。自分たちはいずれ地獄に落ちるであろうと、覚悟ができている面構えをしていた。

――村の秘密を知った者を射殺するとき、きっと自分もあんな顔をしている。

竹で組まれた囲いごしに、集まった連中がうるさい。当然、この中には処刑される女の身内もいるのだろう。歯を食いしばって見ているそれらしき侍もいた。

お紋はこの野次馬の中に、昨日の赤毛の女がいるのではないかと睨《にら》んでいた。だから、こんな悪趣味な場所まで来たのだ。

（あの女、思いっきり殴りやがって）

青くなった頬を撫でる。一発で気を失ったことが悔しかった。あれが〈るちや〉なのかと思うと尚更《なおさら》悔しかった。

（それであんた、あいつを見つけてどうする気よ）

自分自身に問いかけてみる。母親は生きていると教えて、会わせてやるのか。そんなことはできっこない。かといって、放っておいて女が大野木双悦に見つかってしまえば、まどなはあの男に屈服せざるを得なくなる。

(どうすりゃいいのさ……)

答えは出ないが、目当ての女を捜す。燃えるような赤髪だ、昨日のような変装をしている可能性は高い。だがどれほど捜しても、野次馬の中にあの女はいなかった。

昨日は関白の女たちが監禁されている屋敷《やしき》の前をうろうろしていた。女たちの処刑をお紋が笑ったら、明らかな怒りをみせた。ならば、必ずここへ来ると思ったが……。

あの赤毛の女はどんな十年間を送ってきたのか。腕っぷしなら男に負けない自信のあるお紋を、拳《こぶし》一発で仕留めたのだ。相当なものだろう。

美しい女だった。まどなの娘で、綺麗《きれい》で、強いのだ。なんてずるい女だろう。

また一人、首が落ちた。野次馬の絶叫が重なる。お紋はこの場にいるのも厭《いや》になってきた。自分は人殺しで屑《くず》のような女だが、処刑を見物するほど酔狂ではない。

白い手をしたお姫様たちがどうなろうと関係ない、むしろざまあみろと思っていたが、この胸くその悪さはなんだろう。

デウスも仏もくそくらえだ。偉そうなことを言うのなら、あの女たちを助けてやればいいのだ。どうせ、できもしない。

処刑を見ずに、野次馬だけを確認できるような位置はないかと、お紋は歩く。

次の女が連れてこられるのが見えた。十五ほどだろうか。幼さの残る美しい姫だった。抗《あらが》うことも泣くこともせず、しずしずと歩いて、関白の首の前で手を合わせた。

お紋は腹が立った。守れもしないくせに、こんなに女を集めて――。

（だから男は嫌いなんだ）

そのとき見物の群衆側から、柵《さく》を大きく揺さぶる娘がいた。それを背後の男が止めている。娘は絶望で顔をゆがめ、泣き叫びそうになるのを必死で堪《こら》えているようだった。

（あれは……）

一昨日、炮烙玉《ほうろくだま》をほしがった娘だ。処刑される姫と知り合いなのか。

なんて悲痛な顔だろう。もしかしたら、炮烙玉は姫を助けるために必要だったのか。だが、あの一個ではどうしようもない。せいぜい娘も捕まって殺されるだけだ。

処刑を前にした姫が娘のほうへ目をやり、微笑んだ。安堵したようにも見える。

そして……鮮血が飛んだ。

ついさっきまで微笑んでいた少女は、無残な亡骸《なきがら》となって穴へ放り込まれた。

柵の外で、倒れかけた娘を先ほどの若い男が抱き留めた。男が帰るように促しても、娘はしゃがみこんだままその場に居続けた。あんなに辛そうなのに、こんな処刑を最初から最後まで見るつもりなのか。他人に興味のないお紋もさすがに気になった。

そのとき、どこからか馬が一頭駆け込んできた。馬から下りた役人らしき者がなにごとか話をし、処刑に関《かか》わっていた者たちがわずかに焦っているようだった。しばらくして役人は再び馬上の人となり、まもなく次の女が連れてこられた。

処刑は粛々と続いた。まだ二十人以上残っている。この地獄の演目は夕暮れまで上演されるのだろう。

興味本位の野次馬も長くは正視できないらしく、しばらくすると入れ替わっていく。

「終わりじゃ……豊臣の世も……終わりじゃ」

うつろな目でつぶやく老人が、お紋の横をすり抜けていく。

血の臭《にお》いが生ぬるい風に運ばれてくる。お紋は河原から離れた。吐き気がした。

(来い、〈るちや〉。何をしている)

風がお紋の頰を撫でた。

庭を見下ろすと、綺麗に刈り込まれた夏の樹木と池があった。向こうには小さな四阿《あずまや》もある。千寿が暮らした山とは違う、美しく整備された庭だった。

「ここはおまえの家だ。好きなように散策するがよい」

太閤は娘を一人、手に入れた喜びではしゃいでいるが、千寿は苛立っていた。駒姫の助命は間に合ったのだろうか。

「わたしを助け育ててくれたのは、根来《ねごろ》の戦で家族を失った男だった。お墨付きを見てしまったらしく、わたしが秀吉の娘だと知っていたが、それにはいっさい触れなかった。利用しようとも、恨みを晴らそうともしなかった……」

養父の小三郎《こさぶろう》にも葛藤《かっとう》があったはずだ。それでも、慈しんでくれた。

ここへ来て話し、太閤に対する恨みは薄れたが、まだ本気で親と認める気はない。

「そうか、その男に礼をせねばな」

「病で死んだ」

生きていたとしても、小三郎は見返りなど求めはしなかっただろう。

「おまえには苦労をさせた。近いうちに儂の娘として披露目をせねば。豊臣の娘だぞ。おまえは日本一の姫になるのだ」

眺めのいい部屋を与え、着物をあつらえ、気の利いた侍女も必要か――と、老人は一人で計画を立てている。そういう問題ではない、と千寿がいくら言っても、きっとこの男には理解できない。

「カテリナは紫の指輪を持っていて、ときどきそれを撫でていた。向こうの歌を口ずさんでな。その頃はまだカテリナもこの国の言葉をあまり話せなかったから、詳しいことは聞けなかった。いろいろあったようだが、生まれ故郷だ。帰りたかったのだろう」

千寿はその言葉に振り返った。首に提げた巾着《きんちゃく》から、指輪を取りだしてみせる。

「これのことか」

「おお、これだ。カテリナの指を飾っていたものだ。そうか、おまえが持っておったか」

太閤は懐かしそうに目を細めた。

「カテリナは南蛮人がお館《やかた》様に献上した女だった。儂のお館様はそれは恐ろしく、堂々としたお方でな。南蛮のものに目がなかった。いつも海の向こうを見つめておった」

織田信長のことだ。木下藤吉郎《きのしたとうきちろう》は信長のもとで異例の出世を重ねたのだった。

「お館様からカテリナを賜ったときは嬉しかった。この世のものとは思えぬほど美しくてな。海の向こうからやって来た天女に見えたとも」

天女……またこの言葉を聞いた。太閤には母がそう見えたのだ。

「だが、笑わぬ天女だった。ずいぶん辛い思いをしてきたようだから、無理もないがな。あれを笑わせたくて、儂は猿の真似《まね》をしたこともあった」

母がこの男を悪く言わなかった理由が、千寿にもわかった気がした。

「儂はお館様ほどには、南蛮に関心はなかった。むしろお館様には気をつけるよう進言しておったものよ。奴《やつ》らの目的は国を乗っ取ることだ。だから儂はこれっぽっちも信用しておらん。宣教師どもも胡散臭《うさんくさ》いとしか思わん。だが、もし逆に儂が世界を獲《と》ったら、カテリナを苦しめた奴らの首を刎ねてやれるかもしれないとは思った」

太閤は千寿をじっと見た。

「おまえは儂をひどい男だと思うだろう。だがな、無体に思えても、打って出なければ守れぬものもある」

千寿にはそれを否定できなかった。天下人とは、重い荷物を背負う覚悟ができた者なのかもしれなかった。

「では、どうして母を尼寺に入れた？　飽きたのか」

太閤は悲しげに首を横に振った。

「あれほど惹《ひ》かれた女はおらん。今考えても、ねねや茶々より惹かれていたと言い切れるほどだ。それだけに恐ろしかった。……儂は女好きだが、女で身を持ち崩すほど愚かではない。だから尼寺へ預けた。母子ともども城に来るかと訊《たず》ねたが、おまえの母は寺で静かに暮らすことを望んだ。そうして、あんなことに……。戦火に巻き込まれるほど、戦場から寺が近いとは知らなんだ……この父を許してくれ」

老人は再び涙を流す。よく泣く男だと千寿は思った。

今、母の思い出を共有できるのは太閤しかいない。情にほだされてしまいそうで、千寿は父に背を向けた。

陽が傾き始めている。処刑も終わる頃だろうか。駒姫は……どうなったのか。

そのとき、場を外していた小姓が、小走りにやってきた。

「お耳にいれたいことが……」

言いながら、千寿の存在を気にしているようだった。

近づき、そっと耳打ちする。すると太閤の表情が曇った。

「……まことか」

「はい……残念ながら」

そのやりとりだけで、千寿は悟った。間に合わなかったのだ。

姫は殺されたのだ――全身の血が煮え立った。

「駒姫は死んだのか」

千寿は小姓の襟元を摑《つか》むと、絞め上げた。

「は、はい……」

出羽の女の強さを見せてやってください――最後に晴姫への伝言を頼んだ、あのときの駒姫の顔が浮かんで消えた。

「許せ、千寿。仕方なかろう。あと少しのところで間に合わなかった……こればかりは」

その言葉に、千寿は振り返った。

「仕方ないで済むか、この糞親父《くそおやじ》がっ」

天下の太閤を糞呼ばわりし、千寿は赤髪を逆立たせた。

「もう、こんなところにいる義理はない」

老いさらばえた細首をへし折ってやりたかったが、ぐっと堪えた。これでも実の親だ。

だが、もう顔も見たくなかった。

（……すまん、晴姫）

千寿は歯嚙《はが》みして、廊下に出た。一刻も早く晴姫を抱きしめてやらなければならない。

「千寿を逃《のが》すな！」

太閤が唾《つば》を飛ばして叫んだ。

「捕まえるのだ。決して傷つけるな、逃してはならん」

人が集まってきた。千寿は壁にかけられていた薙刀《なぎなた》を摑み、ぶんと一閃《いっせん》させた。

「姫様、お気を確かに！」

「黙れ」

階段を塞《ふさ》がれて、千寿は窓から屋根へ出る。熱を持った瓦《かわら》の上を、音をたてて走った。

迫ってくる者は容赦なく薙刀の餌食《えじき》にする。といっても、刃には鞘《さや》がかぶったままだ。

手のつけられない獣と化した千寿は、無双の強さで捕獲にかかる男たちをなぎ倒していった。相手は太閤の娘、怪我《けが》をさせるわけにもいかず、男たちも攻めあぐねている。

「千寿、戻ってこい。この父を置いていく気か」

太閤が泣き言を叫んでいる。

ほざくな、黙れ——耳を塞ぎたくなった。今更〈父〉を押しつけてくるな。揺れる心を振り払うように、千寿は走った。

腰に巻いた打ち掛けが重いが、千寿は全速力で屋根を駆け抜け、一番低いところへ飛び移った。ざんばらと髪が舞う。

「お諦《あきら》めくださいい、姫様。危のうござる。こちらへ」

屋根も行き止まりだった。汗だくの家臣たちが千寿を追い詰める。

千寿は迷わず飛んだ。張り出た松の枝を片手で掴み、落下の衝撃を和らげると猫のように着地した。その鮮やかさに誰もが息を呑む。

「回れ、門を閉めろ！」

「網だ、網を持ってこい」

男たちの声が響き渡る。千寿は薙刀を振り回しながら、正門へ向かっていた。

「どけえぇぇぇ！」

雄叫《おたけ》びのままに突き進む。千寿の行く手を阻《はば》める者などいなかった。

3

重い空のどこにも夕焼けはないが、おそらく暮れ始めているのだろう。

千寿はやっとの思いで、三条河原まで来た。

すべてが終わった処刑場を見る。太閤の追っ手がいるかもしれず、あまり近づけない。

逃走の途中で、大原女《おはらめ》に着物を交換してもらった。打ち掛けは汚れていたが、それでも高価なものだから、喜んで替えてくれた。手ぬぐいで頭を隠せるので、悪くない恰好《かっこう》だ。

役人たちが大きな穴に土をかぶせている。関白の妻子はまとめてあそこに葬られてしまうらしい。太閤は亡骸をそれぞれの実家に返すことも拒んだとみえる。

処刑が終わっても、まだ人は多かった。泣きながら手を合わせている者もいた。

千寿は腰をおろし、がっくりと頭を膝《ひざ》の上に乗せた。小三郎や幻刃《まぼろは》にも呆《あき》れられたほどの体力だが、さすがに疲れきっていた。

こんもり土が盛られ、墓ができあがると、一人また一人と見物人が減っていく。罪人の処刑と違い、あまりに後味が悪いものだったせいか、皆、生気を抜かれた顔をしている。

「涙雨になりそうだ」

「そらあ、天も泣くやろうよ……」

そんな会話を交わしながら去っていく。

処刑場の地面は赤く染まっていた。川が流れていたが、その水面も赤く染まっている。

空は今にも降りだしそうだ。雨が惨劇の残り香を洗い流してくれるのか。

千寿は立ち上がった。

晴姫たちのところへ戻ろう。おそらく、心配してくれているだろう。

少し歩き、ふと何かを感じて、千寿は立ち止まった。

人々が散っていく。その後ろから若い男女が歩いてきた。ぐったりした女を、男がしっかりと支えている。

「……晴姫、謙吾《けんご》！」

その声に男女が顔を上げた。大原女の恰好をしているのが千寿だと気づくと、表情が変わった。晴姫の目から涙がこぼれ落ちる。

「せっ……！」

一人では歩けない様子だった晴姫が駆けだし、千寿に抱きついてきた。

「千寿様、千寿様っ――よかった」

千寿も晴姫を抱きしめた。

「よく無事で……よかった、わたし……」

「駒姫のこと、すまん」

助けられなかった。改めてその事実を思い知る。

晴姫は千寿の肩に顔を置いたまま、首を横に振った。

「千寿様は何度もわたしを助けてくれました。ごめんなさい……ごめ……」

声が詰まって震えていた。それ以上は言葉にならないようだった。

晴姫の後ろで、謙吾が安堵していた。目が合うと、千寿にも小さく肯《うなず》いてみせる。

何があろうと、この小さな姫だけは守ろうと改めて千寿は思う。

「帰ろう……」

ついに空も泣き始めた。やがて号泣になる。

雨に濡《ぬ》れ、三人は巨大な墓をあとにした。

――この夜、京の街の辻々《つじつじ》に、今回の件を糾弾する貼《は》り紙《がみ》がなされた。

『因果の程、ご用心候《そうら》へ』

まさしく、豊臣に重い因果をもたらす一件となった。


晴姫は高い熱を出した。

これは晴姫にとって、重要な試練なのではないかと千寿は感じた。

すべての処刑を見て、見送った。本当なら自分もそこで一緒に死ぬはずだった。

彼女は今、いろいろなものと闘っているのだ。千寿にできるのは、額を冷やし、汗を拭《ふ》いてやることくらいだった。

秀吉の娘であることは、告げないつもりだ。千寿にも知られたくないことはある。

「……すまぬ」

晴姫の汗を拭き、つぶやく。

母の仇討《あだう》ちを含め、豊臣とは二度と関わりを持つつもりはない。もういい——そんな気分だった。太閤が死ねば、拾丸は泣くだろう。自分を姉上と呼んでくれた、あの子どもを泣かせたいとは思わない。

千寿は袋から鉄砲を出した。

（親父様……千寿はこの先、どうしたものだろう）

陸奥《むつ》に戻るわけにはいかない。戻れば……会いたくなる。


三日目には晴姫は回復していた。丸かった顔が痩せて、少し大人めいて見えた。

「脱皮した蟬《せみ》みたいに、すっきりとした顔をしているな」

千寿がそう言うと、晴姫は唇を尖《とが》らせた。

「そのたとえはあまり嬉しくありません」

「それは失礼した」

二人の女は顔を見合わせて笑った。

「ご心配おかけしました。……千寿様、もう一度だけあそこに行きたいんです」

「……墓か？」

あれを墓と呼んでいいのかわからないが、三十人を超える遺体が埋められている。

「駒姫、わたしを見て、ほっとしたような顔をしたんです。きっと、無事でよかったと言ってくれたんだと思います」

千寿は肯く。

「晴姫には生きて、太閤が悔しがるくらい幸せになってほしいと、駒姫が言っていた。出羽の女の強さを見せてほしいと……あ、いや、つまりわたしの枕元《まくらもと》に立って、晴姫にそう伝えてくれと頼んできた」

直接会ったことを言えば、隠している部分との齟齬《そご》が出る。こう言うしかなかった。

晴姫は目を丸くした。

「駒姫が千寿様の枕元に立たれたのですか。……それならやっぱり、わかりましたと返事をしに行かなければ」

「けっこう」

謙吾を残し、女二人、京の街に出た。

大原女の恰好をした千寿は、筵《むしろ》に包んだ鉄砲を背負っていた。雲水の着物も錫杖《しゃくじょう》も、伏見《ふしみ》城に置いてくるはめになったので、致し方ない。

陽が西に傾き始めた頃、三条河原に着いた。

「不思議ですね。わずか三日前なのに、ずいぶん時間が経《た》ったようにも思えます。なのに、あの光景がまざまざと浮かんでくるんです」

晴姫はまっすぐに墓を見つめた。

「熊谷成匡《くまがいなりまさ》の娘、晴はあの日、皆と一緒に死にました。これはわたしの墓参りです」

盛り土が小山のようだった。雨で少し崩れている。墓のてっぺんに箱が置かれていた。どうやら関白の首が入ったものらしい。それだけでもやりきれないが、晴姫を驚愕《きょうがく》させるものがそこにあった。

――畜生塚《ちくしょうづか》。そう書かれた立て札だった。

「そんな……」

晴姫は唇を震わせた。千寿の頭にも血がのぼった。あの糞親父は殺しただけでは飽き足らず、このような辱《はずかし》めを死者に与えていたのだ。

少しだが番人もいる。あまり目立つことはできないが、晴姫はそっと手を合わせた。怒りと悲しみで、肩が震えていた。本当はあの立て札を引き抜いて踏みつけてやりたかったに違いない。

（あれを、太閤が……）

晴姫の背中を支え、来た道を戻りながら、急に自分の血が忌まわしく思えた。

千寿は立ち止まり、がっと背中の筵に手を突っ込んだ。そのまま鉄砲を上から引っ張りだす。その動きの速さは、傍らの晴姫にも止められるものではなかった。

銃声が響き、畜生塚の立て札が木っ端微塵《こ ぱ みじん》に吹き飛んだ。

「逃げるぞ」

鉄砲をすぐ背中へ戻し、晴姫の手を摑んで駆けだした。

背後でざわめきが聞こえる。誰だ、どこだ、と騒いでいるようだった。

夕闇《ゆうやみ》の中を走る。

「千寿様ったら」

「すまん。手が勝手に動いた。姫のことを言えないな」

「本当です。でも……ありがとうございます！」

このとき、千寿は少しも後悔しなかった。下手人を捕まえてみたら太閤の娘だった、などというのも面白いだろう——くらいにしか思わなかった。

だがその夜、千寿は少しだけ悔やむことになる。

晴姫が、鉄砲を教えてくれと懇願してきたからだ。

4

言えなかった。

あれから数日が経ったが、お紋の胸は重くなるばかりだ。

――京の街で赤い髪の娘に会いました。あなたの〈るちや〉です。

まどなにそう言ってやれれば。……だができない。それを告げれば、そのあとにこう言わなければならなくなる。必ず、探し出して今度こそここへ連れてきます――と。

娘が生きていて、母の仇討ちを考えていると報されてからというもの、まどなは一日中臥《ふ》せっていた。満足に食事もとらない。白くて細い身体《からだ》は向こうが透けて見えるようだ。

誰にも会わせたくはないが、カラスコが是非にとやって来た。じゅりあんとかいう日本人修道士も一緒だ。お紋は腹の中でこの青年のことを田吾作《たごさく》と呼んでいる。

追い返すつもりだったが、まどなが受け入れた。気が紛れると思ったようだ。

「カテリナ様のご出身をお訊ねしてもよろしいでしょうか」

「話したくありませんわ」

まどなは微笑んだ。にべもなく断っておきながら美しい笑みを見せるのだから、カラスコも困惑している。

「それは残念。同郷の方と話せる機会が少ないもので、語り合いたかったのですが」

「なら、お国に帰ればよろしいのに」

じゅりあんには、まどなの返答が辛辣《しんらつ》なものに思えたのだろう。部屋の隅で苦虫を嚙みつぶしたような顔をしていた。だが、お紋は気持ちがいい。偉そうな奴にも遠慮しない、まどなのこういうところも好きなのだ。

「そうはいきません。私には、主に与えられた使命があります」

カラスコは頭頂部の円形に剃《そ》り落《お》とした部分を、南蛮の手ぬぐいで拭いた。宣教師たちの奇妙な髪型は、茨《いばら》の冠をかぶせられたデウスの姿を模しているのだと聞いたことがある。

「帰ろうと思えば帰れるのでしょう。わたしにはたいそうな贅沢《ぜいたく》に思えます」

「ああ、お身体の具合が悪いのでしたね。長旅は過酷ですから」

この宣教師は、まどなが帰れない理由を病気のせいだと思ったようだ。まどなの半生を知ったらどう思うのだろう。おぞましいものを見るように顔をしかめ、魔女と呼んで殺そうとするのだろうか。

「あなたのために祈らせてください」

「……ご自由に」

どうでもいいというように、まどなはふっと息を吐いた。カラスコは人がよいのだろう、気を悪くしたふうでもなく、気むずかしくなった病人の心をどう癒《い》やそうかと、苦心しているようだった。

「カテリナ様には不思議な力があるとお聞きしました」

「それをうっかり白状すると、わたしは炎に焼かれてしまうのでしょうか」

するとカラスコは悲しげに首を横に振った。

「ああ、異端審問《インキシシオン》ですね。私には耐えられません……だから宣教師となって、異国へ渡ることにしたのです。新しい世界でなら、あのようなひどいものを見ずにすむ」

教会《イグレシア》のやり方が気に入らないということらしい。この男は、他《ほか》の宣教師とは少し違うようだ。カラスコは続けた。

「ですが、どこにでも悲しいことはあります。先日も罪のない婦人や子どもがたくさん処刑されました。私はいつも迷っています。この私の存在は、誰かを救えるのかと。独りよがりな鎮魂の祈りが、なんになるのかと……」

じゅりあんが慌てている。本来、人を導く立場の宣教師が、得体の知れない女に泣き言をこぼしているのだ。お紋は黙って二人の異人のやりとりを見つめていた。この悩み多き宣教師に、まどなは何を告げるのだろう。

「手を貸していただけますか」

まどなに言われ、カラスコは戸惑いながら片手を差しだした。純情な男らしく、手が触れただけで赤くなっている。

「とりあえず今夜、夕餉《ゆうげ》に貝が出たら、召し上がらないほうがいいかもしれません」

あっけにとられる宣教師に、まどなは優しく微笑む。珍しく、子どもをからかうような目をしていた。

「るちやに身体を拭いてもらいたいので、そろそろ」

女にそう言われてしまっては退散するしかない。南蛮の言葉で「お大事に」というようなことを言うと、カラスコは部下を連れて部屋から出ていった。

腹を下すかどうかは、カラスコがまどなを信じるか否かにかかっているようだ。

「わたしが生まれた村と近いのかもしれませんね……あの発音」

まどなはくすくすと笑った。いい気分転換になったようだ。

「お疲れでしょう。身体を浄《きよ》めますね」

お紋は用意していた水に手ぬぐいを浸した。井戸水はちょうどいい具合にぬるくなっていた。動けないまどなのために、全身を丁寧に拭いてやる。

まどなの背中にはまだ火傷《やけど》の痕《あと》が残っていた。十年前、戦に巻き込まれて尼寺が焼けたときのものだ。雪のような肌をしているだけに痛々しい。不思議なことに、火傷の痕はまるで十字架のようにも見える。デウスは彼女に何を背負わせたのだろう。

「ありがとう、るちや……」

その名で呼ばれるだけで胸が熱くなる。お紋はやっぱり〈るちや〉としての地位を失いたくなかった。

「灯《あか》りを消してくれるかしら」

お紋は言われるままに蠟燭《ろうそく》の火を消した。洞窟《どうくつ》の中は昼も暗いが、普段まどなは灯りをつけない。カラスコが来たから灯《とも》しただけだ。まどなは極端に火を嫌った。

「関白様の妻子が、大勢処刑されたのですね」

「はい……」

　お紋も他の者もそれをまどなに教えていなかった。先ほどのカラスコの言葉で知ったのだ。あの日、お紋は最後まで見届けることなく処刑場をあとにした。思い出すと今でも気分が悪くなるような情景だった。

「太閤様が……そこまで」

　ため息をつく。身を浄め、清潔な間着に着替えると、まどなは目を閉じた。

　おそらくまどなは長生きすることはないだろう。医者は、どこが悪いというより全身が少しずつ衰弱していっていると言っていた。

　娘に会えれば、元気になるのだろうか――。

　考え込んでいると、近づいてくる足音が聞こえた。戸が叩《たた》かれる。

「大野木です。よろしいですかな」

「まどな様はおやすみ中です」

　まどなが閉じていた目を見開いたが、お紋は即答した。続けざまの来客は今のまどなにはつらい。特に大野木には会わせたくなかった。きっと娘のことで来たのだ。

「いいの、るちや……どうぞ」

　寝室にお紋以外の者を入れたがらないまどながそう言うのだ。お紋は唇を噛み、黙って戸を開け、客を迎え入れる。

「この間の書状は、読んでいただけましたか」

大野木の問いに、まどなは横になったまま肯く。

「るちや……この場を外してもらえますか」

お紋は目を瞠《みは》った。大野木がるちやの同席を嫌がることはあっても、まどなにそれを求められたことはない。

「でも二人きりでは」

「男盛りの大野木様が、若くもない病の女にどうこうするなどありません」

お紋は納得できない。大野木は異性としての興味をまどなに持っている。身体を求めるというような欲求とは違うかもしれないが、二人きりにしたくはない。

「正真正銘、本物の〈るちや〉の話だ。偽者は遠慮してもらおう」

大野木の言いように、お紋は怒ると同時に傷ついた。だが逆らうことはせず、一度だけ睨みつけて部屋を出た。

悔しい。鉄砲を持っていたら、あのすかした顔に撃ち込んでいたかもしれない。

お紋は精霊洞《しょうりょうどう》を出ると、その上にある山へと駆けた。ここにはいくつか換気のための穴が開いているのだ。もちろん、まどなの部屋に通じる穴もある。そこへうつぶせになり、耳をつけた。すると、聞こえてくる。

「しかし、あのような娘にるちやの名を与えるとは」

「……いい娘です」

まどなの声は弱々しいが、反論してくれたことにお紋はほっとする。

「それより、姫君のことですが」

「……見つかったのですか」

「残念ながら。ただ、面白い話を聞きましてね」

そこで大野木は咳払《せきばら》いをする。もったいをつけているようだ。

「先日、伏見城で騒ぎが起きたそうです。赤い髪をした女が屋根を伝い、薙刀を振り回しての大立ち回り。どうもそれが太閤のご落胤《らくいん》だと」

それでは、るちや——千寿の父親は太閤だというのか。お紋は息を止めて耳を澄ます。

「伏見城にも私の息のかかった者がおりまして。ほんの下働きといった程度ですが、それでも城内で騒ぎが起きればわかることもあります。太閤の叫び声も聞こえたとか」

「それで、その娘は」

まどなの声が震える。

「男たちをなぎ倒し、逃げおおせたそうです。……さすが、只者ではござらん」

大野木は声をあげて笑った。

「太閤様は……娘を捜していたのですか」

「いや、どうやら千寿姫自ら名乗り出たようです。もしかしたら太閤を討とうとしたのかもしれませんな。母の仇として」

本物の〈るちや〉は太閤の姫……。偽者の〈るちや〉は百姓《ひゃくしょう》の子で親もすでに亡く、火薬作りの罪人だ。なんという違いだろう。お紋の口端《くちのは》が自嘲《じちょう》めいてゆがむ。

つまりこういうことか。異国を追われ、人買いにさらわれたまどなは、太閤に献上されたか売られたかして子を生《な》した。母娘は尼寺に預けられたが、そこで皮肉にも太閤の起こした戦に巻き込まれ、寺は焼け落ちた。母と娘は互いに死んだものと思っていたが、奇《く》しくもどちらも生きていた。そして娘は父親を母の仇と恨んで……。

大野木は言葉を続けた。

「母が生きているとも知らず、父を仇と狙《ねら》う……こんな悲劇はありませんな。娘に親殺しをさせたくはないでしょう。早くこちらで保護したほうがよいのでは」

まどなは蒼白《そうはく》になって、唇を震わせているのだろうか。

「あなたのいかがわしい商いの片棒をかつぐ気は……ありません」

ここで大野木双悦の力を借りれば、まどなは大きな代償を払うことになる。

「いかがわしいとはずいぶんな。私はただ、信心深い切支丹《キリシタン》を伴天連《バテレン》の国へ誘いたいだけ。切支丹はこの国にいても先がありません。幸薄い女たちに南蛮へ行くよう話してくればいい。そこは夢の国、神に祝福された地——そう言うだけでいい」

そういうことか……。お紋は歯噛みした。

「その女たちは、伴天連の国でどのような運命を辿《たど》るのですか」

「さあ。船に乗せるまでが私の仕事ですので」

いやらしい言い方をする。

「九州の大名たちは捕虜になった敵を大勢売ったそうですよ、火薬欲しさにね。それに比べて私は希望者を斡旋《あっせん》しているだけ。火薬は国内で作らせている。良心的でしょう」

人が売買されることはざらにある。遊郭だってそうだ。金がなければ、戦に負ければ、誰でも売られる側になる。世界のどこでだって同じことだろう。

大野木の言うことは間違ってはいない。だが……嫌いだ。

すでに売られてしまった女たちの中には、お紋の知った顔もあった。神の国で幸せになるのだと、うっとりと語っていた。

「千寿姫は全力で捜しましょう。ですが取り逃がしたり、太閤にお返しせねばならなかったりするかもしれません。そうならないようにくれぐれも、まどな様にはご協力願いたいものです。この世は持ちつ持たれつですからね」

丁寧な言葉だが、明らかな脅しだった。

「女衒《ぜげん》の手伝いはお断りします。ですが……わたしたちは一蓮托生《いちれんたくしょう》。きっと、同じ日に死ぬのでしょうね」

まどなは不気味な予言を返した。いざとなればあなたを殺してわたしも死ぬ——そういう意味だろうか。

「同じ日に死ぬ……それは悪くない」

大野木が立ち上がった気配があり、部屋を出ていく音がした。お紋には、この二人の関係がわからなくなることがある。

山から下りると、帰路につく大野木とその腰巾着《こしぎんちゃく》の小倉《おぐら》とかいう男の姿が見えた。小倉は精霊洞の前で待っていたようだ。お紋はさっと草の中に身を隠す。

「秀吉とまどなの娘……この手に納めたいものだ」

「さようで」

「もし太閤の嫡男が死ねばどうなる。異国では女の王など珍しくない。この国とて女帝も女城主もいた。豊臣の後継が女であっていけないことはあるまい」

大野木は上機嫌だ。小倉はぎょろりとした目をさらにひんむいて主人に向けた。

「しかし、それで徳川に対抗できますかどうか」

「まどなの娘だぞ。切支丹勢力を味方につけられる。南蛮の王や商人どもも、こぞって赤髪の女王を歓迎するだろう。……婿が必要だな。南蛮にも部屋住みの王子はいるのではないか。まあ、すべては娘を手に入れてからの話だ」

大野木の野心に、小倉はただ驚くばかりのようだ。

「……夢は、生きているうちにしか見られぬからな」

大野木の言葉を最後に男たちが遠ざかると、お紋は駆けた。まどなのことも気になるが、向かうは京だ。

千寿――本物の〈るちや〉。大野木は数を味方に捜すのだろうが、お紋はあの女の顔を知っている。急がなければ。誰よりも早く見つけるのだ。

お紋は腹をくくった。まどなの娘は、存在自体、危険すぎる。

……見つけて殺すのだ。極秘裡に。二度とまどなが悩まずにすむように。

第六章　姫狩り

1

「ここが火ばさみで、火縄をつける。元目当てと先目当てで、狙《ねら》いを定めるわけだが」

千寿《せんじゅ》の説明に、晴姫《はるひめ》はこくこくと肯《うなず》いた。実際に火縄銃を構えてみる。

「こんな感じでしょうか」

「もう少し、肘《ひじ》を、こう――そうだ」

弾丸や火薬は使わせないが、火縄銃の仕組みと使用の手順を千寿は教えていく。この程度なら家の中でもできる。晴姫はいい学び手だった。

「すごい……面白い仕組みです。まるでからくり人形みたい」

中の構造にも興味があるようだった。千寿はややこしい鉄砲造りには関心がもてず、もっぱら狙撃《そげき》専門だったが、晴姫なら正しく小三郎《こさぶろう》の後継者になれたかもしれない。

「そして、引き金を引く」

晴姫はそのとおりにやった。弾丸は出ない。かちっという音がするだけだ。だが、晴姫の想像の中では敵が倒れたのだろう。深く息を吸って、吐いた。

「わたし、今、人を撃ちました」

「そうだ。当たれば死ぬ。晴姫は人殺しの勉強をしている」

はい、と晴姫は肯いた。銃を構え、勇ましく言う。

「わたしはもう、姫ではありません。だから熊谷《くまがい》家の家臣になりたいと思います。役に立たない家臣はいりません。だからこの道で父上の役に立ちたい」

「女には女の戦い方もあるだろう。後方を支えるのも大事なことだ」

「え、千寿様がそれをおっしゃるなんて」

そう言われて、千寿は頭を掻《か》いた。自分こそ先陣を切って飛び出しかねない性格だ。

「まあ、そりゃそうだな」

「……実際に、鉄砲を撃たせてくれますか」

「ここではできない。いずれ銃声が届かないような山の中にでも行くしかない。それまでは空鉄砲で練習しておくといい」

そう遠くない日、必ず大きな戦が起きるだろう。太閤《たいこう》の弱り具合は歳《とし》のせいだけではない。頭が痛むのかこめかみを押さえていたし、手足にも少し麻痺《まひ》があったようだ。気分の浮き沈みの激しさも病のためだろうか。

人前では気丈に振る舞っているようだが、千寿の手を握った力の弱さからして、あと五年はもたない……そう思えた。

太閤が死ねば天下は動く。大大名であろうと、みちのくの小領主であろうと、否応《いやおう》なく巻き込まれる。——そう思ったから、鉄砲を教えてほしいという晴姫の願いを受け入れたのだ。かといって〈でうす〉を貸すわけにもいかない。覚えるなら普通の火縄がいい。

「せっかく謙吾《けんご》が手に入れてきた火縄だ。大事に使えよ」

そう言い残して、千寿は部屋を出た。庭からは謙吾が薪《まき》を割る音が聞こえてくる。

「精が出るな」

上半身裸になって汗を流している男に話しかけた。

「じっとしていると、気が滅入《めい》る」

謙吾は斧《おの》を振るう手を止めた。

「姫はどうだ？」

「優秀な弟子だな。しかし、いいのか。火縄なんぞ教えても」

「女や子どもを殺すような無法がまかり通るなら……男が守りきれないなら、女たちだって戦うしかない。悲しいがな」

意外なことを言うのは、思うところがあるのだろう。彼も先日の処刑を見ていたのだ。

「……おのれが不甲斐《ふがい》ない」

「いっそ、おぬしが晴姫を妻にしたらどうだ」

謙吾が斧を落とした。この男の反応は本当にわかりやすい。

「ば、馬鹿《ばか》なことを」

「悪くはなかろう。晴姫はもう晴姫として生きられない。ならば熊谷の家臣、黒崎《くろさき》謙吾の妻として郷里に戻ればいい。そうして、夫婦揃《そろ》って主家を守《も》り立てればいい」

少し考えてから、謙吾は首を横に振った。

「それなら、家中にもっとふさわしい相手がいる。おれごときの若輩では……」

謙吾より家柄がよく、剣の腕もたつ者はいるだろう。だが、この男以上に晴姫を想《おも》う者はたぶんいない。そう言ってやろうかとも思ったが、いらぬ節介かもしれなかった。

「そのうち熊谷成匡《なりまさ》殿がおいでになる。そこでわたしはお役御免だ」

熊谷家の姫の立場がなくなっても、晴姫は成匡の娘だ。こうなったからには成匡も晴姫の相手を家柄で選ぶことはないだろう。純粋に娘を大切にする婿を望むに違いない。

「そうか……それで別れることになるか。世話になったな」

謙吾は顔を上げた。

「一つ訊《き》きたい。おまえは、まだどこかの誰かに仇討《あだう》ちするつもりなのか」

「いや……それはもう、いい」

たぶんもう殺すことなどできない。娘の無事を喜び、鼻水を垂らして泣いた老人を、手にかけることなどできるわけがない。

「よかった。安心した」

微笑《ほほえ》む謙吾を置いて、千寿は屋敷《やしき》の中へ戻った。晴姫の背後に、音をたてずに近づく。

「巣口に火薬を入れて、弾を一つ――えっと次は、槊杖《カルカ》を巣口に差して、火薬と弾を奥へ突いてやる」

声が聞こえる。一連の流れを復習しているようだった。

「火蓋《ひぶた》を開き、点火用の火薬を入れて、火縄の準備。火ばさみに挟んだら、あとは――」

微《かす》かに火蓋を開く音がした。あとは引き金だ。

「太閤……覚悟！」

引き金が引かれた。

千寿は黙ってその場を離れた。晴姫が頭に思い描いた的《まと》は太閤秀吉《ひでよし》だったのだ。

皮肉なものだ。千寿が太閤への仇討ちを思いとどまったというのに、今度は晴姫の中に太閤への復讐心《ふくしゅうしん》が芽生えたのだ。駒姫《こまひめ》の仇《かたき》を討ちたいという気持ちがあるのだろう。

とはいえ、太閤が城の外に出ることは滅多にないだろう。晴姫に仇討ちの機会が与えられることはまずない。

幼い日の千寿と同じだ。恨みが生きる力になることもある。今はそれでもいいだろう。

あれこれと考えながら、千寿は街へ出た。

太閤は逃げた娘を捜しているのではないか。仁吉《じんきち》の雇い主というのも気になる。黒脛巾《くろはばき》組《ぐみ》が手を引いても、千寿はまだ追われる身だ。

ぐるぐると髪を束ね、その上から髪を白い布でくるむ。桂包《かつらづつ》みと呼ばれる、身体《からだ》を動かし働いている女たちによく見られる形だ。これで赤髪は隠れる。うなじや生え際には炭をまぶしておいた。さらに顔にも泥を塗りつける。こうしないと外も歩けない。

赤い髪を太閤に見せつけるという目的も果たしたので、黒く染めてしまおうかとも考える。お歯黒に使う鉄漿《かね》で半日くらいかけて染めれば、一応黒くはなる。ただし、染め上がるまでずっと臭い。髪も傷む上に、染めた色はあまり長くもたない。子どもの頃に一度やったことがあるが、二度としたくないと思う程度には懲りている。

実はそのとき初めて、千寿は晴姫と会っていたのだ。熊《くま》に遭遇して動けなくなっていた子どもが晴姫だったとは、見事な因縁である。

あの少年は千寿様ではありませんか――そう訊《たず》ねられて否定した。おそらく晴姫にとってあれが初恋なのだろうと思ったからだ。夢を壊すのはなんだか申し訳ない。

可愛《かわい》らしい子だった。あんなに無垢《むく》な子も人を恨むようになるとは、厭《いや》な世の中だ。

誰かが天下を獲《と》り、その家が子々孫々栄え、安定した治世になるというのならそれでかまわない。市井《しせい》の者にとっては誰でもいいのだ。戦で苦しめないでくれるなら。

天下の行く末は、天に任せるしかない。異国の血を引く豊臣《とよとみ》の姫がいてもややこしくなるだけだ。熊谷の〈晴姫〉が死んだように、豊臣の〈千寿姫〉も死んだ。それでいい。

京の街は穏やかだった。時おり物売りの声と鳥の音が響き渡るだけだ。関白一族の処刑に揺れた街はすっかり平穏さを取り戻している。

髪に巻いた布から、はらりと一房落ちてきた。すぐ布の中に戻したが、赤い髪に気づいた者はいないようだ。

千寿は街で鉄漿水を買った。

「くっさ……」

においを嗅《か》いですぐ、壺《つぼ》から顔をそむけた。蓋をしていても臭いのだ。

ともかく、髪を染めるのはよほど追い詰められてからだ。まだ大丈夫……たぶん。

太閤は髪を黒くして豊臣の娘になれと言った。母の赤髪を愛しながら、その実、娘のお披露目ともなれば世間体《せけんてい》が気になるのだろう。あれは癪《しゃく》に障った。

陽が落ちるのが早くなった。陸奥《むつ》を出たときはまだ夏の始まりだったのに、もう秋だ。

橋の欄干のそばで、朱色に染まる川面《かわも》を見る。懐かしい面影を思い出そうとすると、胸がひどく痛んだ。

（わたしのことなど、忘れただろうか……）

屋敷へ戻ろうとして向き直ったとき、目の前を二人の侍が通り過ぎた。が、すぐに一人が立ち止まり、千寿に声をかけてきた。

「そこの娘、待たれよ」

不安が走った。逃げようかと思ったが、橋の上では逃げにくい。人通りもあるので、おとなしく振り返った。にっこりと無理をして笑ってみせる。

「なんでございましょう、お武家様」

「どうした」

もう一方の侍が、立ち止まった連れに訊ねる。

「この娘、似ておる」

「まさか。姫は鬼のような形相《ぎょうそう》の大女ではないのか」

「それは大袈裟《おおげさ》だ。——すまぬが娘御、その頭の布をとって髪を見せてくれぬか」

千寿はたじろいだ。この連中はどうやら〈千寿姫〉の捜索を命じられた太閤の家臣のようだ。逃げる途中で何人もの家来に見られている。この男もその一人だろう。

「鬼みたいな大女って、誰のことだ」

どうせ髪を確認しないうちは納得しないのだろう。千寿は叫ぶと同時に、二人組の侍に鉄漿水の入った壺を投げつけた。

爆発したように悪臭が広がる。鉄漿をかぶった男たちが怯《ひる》んだ隙《すき》に、千寿は走った。

橋を下り、大通りから小路《こうじ》へと入る。町人の小さな家が密集している場所だから、ここへ逃げ込むと捜し出すのは難しいだろう。悪い侍に絡まれています、お助けを……と言いながら逃げた。親切な町人たちがさりげなく追っ手を邪魔してくれる。

あとは、宵闇《よいやみ》が匿《かくま》ってくれる――はずだったが、敵は二人だけではなかった。近くで捜索していた連中が他《ほか》にも数人いたらしい。厄介なことにそちらは忍びだった。

奴《やつ》らは千寿よりずっと京に詳しい。しかも、今の千寿は杖《つえ》も持っていない。この状況で背中の鉄砲をぶっ放すわけにもいかない。

ひたすら走って、千寿は植え込みの陰に隠れた。追っ手は目と鼻の先に迫っている。動けば気づかれる。息一つにも気を遣い、千寿は敵が諦《あきら》めるのを待った。

「見失ったか」

「あれが例の娘か」

「豊臣家中の者も言っていた。間違いなかろう」

忍びたちが立ち去るまでは気を抜けない。肩に手を伸ばし、いつでも鉄砲を摑《つか》むことができるようにしておく。

「こう暗くては……」

「向こうかもしれんぞ」

足音が遠ざかっていく。千寿は汗を拭《ふ》いた。ゆっくりと立ち上がり、誰もいないようだと一歩踏み出したとき、頭上から声がした。

「間違っても街中で撃つなよ。それは伊達《だて》のものだ」

枝の上に、放下師《ほうかし》らしき恰好《かっこう》をした男がいた。——幻刃《まぼろは》だ。

「貴様らにくれてやるものなどない。失《う》せろ」

助ける気などなく、あわよくば鉄砲を奪おうとしていたのだろう。幻刃の他にも黒脛巾組の連中がなりゆきを見守っていたが、消えた忍びのあとを追ったようだ。

「あの連中はなんだ。橋の上で鉄漿水をかけた侍と、さっきの忍びは仲間ではないようだが。ずいぶん、もてるじゃないか」

「知らぬ」

実際、忍びのほうは知らなかった。仁吉を雇ったのと同じ者が背後にいるのかもしれないが、千寿には見当もつかない。

「仲間がそれぞれを尾《つ》けている。正体はまもなくはっきりするだろうが……しかしおまえはただの山女ではないようだな」

どうやら黒脛巾組には、住まいを知られたようだ。

「暇なのか、おまえらは。伊達様はまだ蟄居《ちっきょ》させられているのではないか」

「そちらは目処《めど》がたった。まもなく連座の疑いは晴れるだろう。最上《もがみ》様もな」

千寿は考えた。正直、三組に追われるのはきつい。晴姫たちにも迷惑をかけたくない。

「伊達様には、こう伝えておけ。——例の鉄砲は処分したそうです。あの女は狩り以外の役には立ちません。なぜなら、鉄砲鍛冶《かじ》としての腕はないからです。とな」

幻刃がせせら笑った。

「主君に嘘《うそ》をつけというのか」

「わたしの髪が何故《なぜ》赤いか知っているな」

「昔、教えてくれたな。あの頃はおまえも可愛かった。片親が異人だったのだろう」

一言多いが話を続ける。

「異人なのは母親だ。父親はあそこでふんぞり返っている」

月明かりに照らされ、遠くに浮かび上がる伏見《ふしみ》城を指さした。

「……まさか」

幻刃は絶句した。いつも飄々《ひょうひょう》としているこの男がこれほど驚くのは千寿も初めて見る。

「このことは誰にも言うな。伊達様にもだ」

あまり人には知られたくないことだった。だが、あえて幻刃を信じて言う。

「おまえが……太閤の娘だというのか」

「娘になりたくないから、こうして逃げている。わたしと鉄砲のことは放っておけ。これ以上関《かか》わると厄介なことになるぞ。伊達様は鉄砲欲しさにわたしを襲いましたと、太閤に言ってやろうか?」

陸奥に移り住んですぐ、互いにまだ子どもだった頃から知っている相手だけに、幻刃にとってもこの事実は衝撃だったようだ。

「まいったな……平六《へいろく》の奴、とんでもない女に手を出したものだ」

「心配せずとも、太閤におまえや伊達様のことを話す気はない。これ以上関わってこないことが条件だ。いいな？」

幻刃をその場に残し、千寿は駆けだした。さすがに追いかけてはこなかった。

ただいま戻ったと言いながら、千寿は屋敷へと入る。追われていたようなそぶりは見せなかったが、帰りが遅くなったことを晴姫は心配していたようだ。

「千寿様までいなくなったらと、それぱっかり……」

ぐすっと涙まじりに鼻を鳴らした晴姫が愛《いと》しかった。

夕餉《ゆうげ》のあと、千寿はこっそり謙吾に耳打ちした。

「頼みがある。虚無僧《こむそう》の装束を一式、手に入れてきてくれ」

もはや、そのくらい徹底して髪と顔を隠すしかない。

「それはかまわんが……しかし黒脛巾組は手を引いたのではなかったのか。まだ何かに追われているのか？」

やけに追及される日だ。黒脛巾組にこの屋敷を知られているということを考え合わせても、潮時なのだろうと思う。

「おまえは隠しごとが多すぎる。有り体《てい》に話せ。今更何を聞いても驚かん」

謙吾は不満そうだ。

（いや、たぶんかなり驚くと思うぞ）

あの幻刃すら愕然《がくぜん》としていたのだ。

そのうちな、と千寿はその場をやり過ごした。

2

めっきり秋めいてきた頃、ようやく熊谷成匡と数名の家臣が京に到着した。

熊谷家当主の頭には傷痕《きずあと》が残り、片足を引きずっている。まだ長旅ができる状態ではなかったが、それを押して駆けつけたのだ。

「父上……」

「よくぞ生きていてくれた。よかった……晴」

父は娘をしっかりと抱きしめた。晴姫は父の広い胸で泣きじゃくっている。その光景に千寿は伏見城での父親との対面を思い出していた。できることならこれくらい素直に甘えてみたかった。

「すまない。儂《わし》が関白に嫁がせようとしたばかりに。何もかもこの父のせいだ」

顔を胸に埋《うず》めたまま、晴姫は違うと首を振る。

「どうか、わたしは死んだと言ってください。お家に仇なす存在になりたくありません」

「熊谷家四女晴姫は死んだ……だが、おまえが儂の娘であることになんの変わりもない。二度とこんな目には遭わせぬ。相手が誰であろうと、命をかけて守る」

成匡は、込み上げてくるものを堪《こら》えていた。

謙吾らが主君親子を涙ぐんで見守る中、千寿はそっとその場を離れた。伊達も最上も連座の危機から逃れたと幻刃は言っていた。ならば、熊谷家も心配はいらないだろう。

娘との再会のあと、熊谷成匡は改めて千寿に礼を言い、金子《きんす》を差しだした。

「まことに世話になった。そなたが冷静な判断をしてくれなければ、今頃娘は……」

そう言って、深く頭を下げる。千寿はかぶりを振った。

「わたしは請け負った仕事をこなしただけ。……熊谷様、太閤は老いています。いずれ、また天下を分けるような大きな戦が始まるでしょう。太閤の御子が元服する前にそうなったときは、豊臣家にはつかないほうがよろしいかと存じます」

これでも豊臣の血を引く身だ。こんなことを口にするのはいささか悔しいが、晴姫たちには生き延びてもらいたかった。熊谷家が滅びることだけは避けたい。

「最上殿の奥方が自害なされたそうだ。駒姫の母御だ。最上殿は妻と娘を殺されたのだ。そのお気持ちを思うと……どんなにか」

千寿は太閤の言葉を思い出す。

『あの女たちは、関白の胤《たね》を宿しているやも知れぬ。現に儂はカテリナがそなたを孕《はら》んでいることを知らなかった』

自分がこの世に生を享《う》けていなければ、関白の女たちは殺されなかったのか。

それが遠因で豊臣が滅びるならば、この身は豊臣家にとっても呪《のろ》われた存在なのかもしれない。だが作ったのは太閤だ。千寿は問うても詮《せん》ない〈もし〉を捨てた。

その夜、皆が寝静まった頃合いを見計らって、千寿は旅支度を始めた。世話になったとだけしたためた文《ふみ》を残す。そして寅《とら》の刻、夜明け近くになって千寿は屋敷を出た。

虚無僧の装束は身につけない。謙吾が手配した天蓋《てんがい》は、千寿には大きすぎた。まして尺八もできない。下手な変装ほど目立つものはないと諦めた。結局、上洛《じょうらく》したときと同じような旅僧姿になり、髪を手ぬぐいで覆って網代笠《あじろがさ》をかぶる。

あてはないが、南に行くつもりだ。北へ行けば陸奥への未練が出る。

白々とした月の光の下を行く。一度だけ立ち止まり、屋敷に向かって頭を下げた。

「さらばだ、姫」

晴姫はよき友で、妹のようだった。鉄砲を実際に撃たせるところまでは教えられなかったが、ここで姫との関わりも終わりにする。

母も親父《おやじ》様も死んだ。糞親父《くそおやじ》のほうは捨てていく。そして、陸奥に残してきた――。

「……ろく」

愛した者の名をつぶやいた。すっぱり諦めてきたはずなのに、どうしてこうも吹っ切れないのか。女としての業がこれほど深いとは、自分でも意外だった。

すべてを失ってもなんとかなる。山に入れば猪《いのしし》も雉《きじ》もいる。食べられる草花もわかる。幸い身体は丈夫だ。何も困ることはない。

小三郎と山暮らしを始めた頃は、里の者たちに山姥《やまんば》の子だとよく言われた。その山姥娘が誰よりも強く、誰よりも狩りがうまい、とわかったら〈山姥〉の渾名《あだな》はちょっとした敬称になった。千寿と比肩する子どもは、平六しかいなかった。

——山姥でも魔女でもいい。わたしはどこででも生きていける。

歩き始めてまもなく、東の空が白んできた。緩く滲《にじ》む夜との境目の色合いが美しい。少しゆくと、しゃがんで草履を手にしている女が見えた。鼻緒が切れているようだ。

「直せるか?」

千寿の声に、女が顔を上げた。

「あ……お坊様。はい、大丈夫です」

そうは答えたが、まだあたりは暗い。

「貸してみろ」

千寿は女から草履を受け取り、細い布きれをぐいぐいと穴に通していく。ぎゅっと締めて作業はすぐに終わった。山育ちで狩りを生業《なりわい》にしていた身だ。獣並みに夜目は利く。

「ありがとうございます」

深く頭を下げたとき、胸元から首飾りが現れた。女は慌ててそれを懐《ふところ》に戻す。

「これは……あの、すみません。どうかご内密に」

十字架だった。女は胸を押さえたまま、何度も謝った。

「別にかまわない。おぬしの自由だ」

女は目を見開いた。そこでやっと、千寿は雲水姿だったことを思い出す。

「まだ暗い。女の一人歩きはどうかと思うぞ」

「早く出ないと。お祈りに行きたかったのです」

旅僧の許可を得たことで安堵《あんど》したのか、女は秘密を打ち明けるように答えた。

「ほう。近くに切支丹《キリシタン》の寺があるのか」

「いえ……摂津《せっつ》というか、播磨《はりま》のあたりですから、近くはありません。でも……いつか、まどな様にお目にかかりたいと思って」

「まどな？　デウスだか何だかの母のことか」

「そう呼ばれている方がおられるのです……とても美しい、南蛮のお方です」

女は、少し話しすぎたというように口元を押さえた。それではこれで、と改めて礼を言い、小走りに去った。

（南蛮人の女……）

遊女が産んだ混血か、それとも女の宣教師がいるのだろうか。伴天連《バテレン》にも尼はいると知っているが、海を越えてやってくる女宣教師というのは、ついぞ聞いたことがない。

(それとも、まぁまのように売られたのか)

いつも遠くの空を見つめていた母の横顔を思い出す。

「……摂津か」

行けばわかるだろうか。

南蛮の女というだけで、母の面影があるわけではないだろうが気になった。

もとより西へ向かうつもりだった。ならば摂津から播磨を抜けるのも悪くはない。

朝陽《あさひ》に背を向け、千寿は歩きだした。


「これが……プリンセサ・ルチヤ?」

一枚の人相書きを渡され、カラスコはまじまじと見つめた。

カテリナとはあまり似ていないようだ。病気のせいかカテリナは華奢《きゃしゃ》で弱々しい外見をしている。しかし、この絵の娘にはもっと凛々《りり》しい雰囲気がある。

「カテリナ殿の娘さんは、赤毛なのですか」

「ご存じありませんでしたか。まどなも昔は赤銅のような髪でしたよ。不幸に遭われて身体を悪くして、いつのまにか髪の色も抜けてしまったのです」

大野木《おおのぎ》双悦《そうえつ》はそう言って、紅茶を口に含んだ。使っている器は仏蘭西《フランス》製で、王侯貴族が愛用していそうな豪奢《ごうしゃ》なものだった。畳の上に置かれた椅子《いす》も卓も趣味がいい。

「あの方は、赤毛だったのですか」

神の子を裏切った弟子が赤毛だったという言い伝えのせいか、向こうでは良く思われないこともある。カラスコは祖母の髪が少しだけ赤みがかっていたことを思い出した。彼女はそのために、いつもフードを目深《まぶか》に被《かぶ》っていた。

「ですから、顔だちはともかく髪は母譲りということです。当然、太閤も捜しているようですな。こちらもそれらしき娘を追い詰めたところで、逃げられましてね。この姿絵をもとに捜索をさせているのです」

相手の顔を覚え、それを絵にする。ニンジャとかいう者は、やたらと多芸多能だ。そういうところも、この国は面白い。カラスコも肯いて紅茶に口をつける。

「しかし……髪は隠しているかもしれない。染めていたり、鬘《かつら》を使っているかもしれない。男の恰好ということもあるでしょう。そのあたりも考慮して広く捜させています」

「ですが、京は広い」

否定的なことを言うのは、まどなの娘が見つからないほうがいいと考えているからだ。カラスコは目の前の男が恐ろしかった。どうやらセニョール大野木は、プリンセサを悪用しようと考えているらしい。

「千寿姫は颯爽《さっそう》とした美姫《びき》で、常人とは印象が異なり、独特の雰囲気があるとか」

「それはまた曖昧《あいまい》な……」

そう言いながら、カラスコは運命の姫がこの男の手に落ちないことを祈った。

他の宣教師たちは、この男にすっかり乗せられている。彼が布教を支えてくれていると信じているのだ。そこに信心などない。だが、そんなことがあろうはずがない。彼こそがこちらを利用しているのだ。

（主よ……お守りください）

この男はまるで耳元で堕落を囁《ささや》く悪魔《ディアブロ》だ。骨抜きにされた同胞たちはあてにならない。自分だけでもしっかりしなければ。カラスコは平静を装う。

「カラスコ殿、忍びをなめてもらっては困ります。あの者たちにはわかるのですよ。まっとうな者か曲者《くせもの》か……匂《にお》いがあるのだそうです。町娘の恰好をしていても、そこらの市井の者とは違うと、一目で察したと。さすが太閤とまどなの娘だ」

大野木は自信たっぷりに笑う。控えめな者が多いこの国では珍しい男だ。

「プリンセサを見つけてどうしようというのですか」

「まどなに会わせて差し上げたい。母と娘の再会に、手を貸してはいけませんかな」

「それだけではありますまい」

「母娘《おやこ》が幸せになり、この国の切支丹も祝福される。そうなれば喜ばしいことです」

まるで蜜《みつ》のようなことを言う。

「これは南蛮にとっても悪い話ではない。太陽の沈まぬ帝国と呼ばれたあなた方の国も、列強に押されて陽が沈みかけているとか。このままでは、ここでの交易もいずれ他国に奪われるでしょう。これは起死回生の好機なのです」

カラスコは押し黙る。この男がそこまで世界の情勢に通じているとは思わなかった。

大野木の言うとおり、西班牙《スペイン》は今や斜陽。阿蘭陀《オランダ》や英吉利《イギリス》に東洋との交易を奪われようとしている。国の有力者たちがこの話を聞いたら飛びつくだろう。

このことを上に話すべきなのだろうか。カラスコが黙っていても、いずれ大野木は正式に商人たちを通じて本国へ話を持ちかけるだろう。それとももう、共犯関係は成り立っているのか。

「私にはわからない。あなたはすでに充分すぎるほど裕福だ。危険を冒してまで、これ以上、何を求めるのですか」

カラスコが問う。

「私は昔から賭《か》けをして生きてきました。父は大名の重臣でしたが、私は次男坊。家督は継げなかった。冬のある日、馬で兄と遠出をしました。子どもの時分から優しい兄で、私たちは仲がよかった。しかし馬が急に暴れて、兄は崖下《がけした》に転がり落ちました。脚を折って動けない兄のために、私はすぐに屋敷に戻った。兄は当然、おとなしく待っていようと思ったでしょう。だが、助けは来ないまま、兄は二日後に見つかりました。凍死です」

カラスコは目を見開いた。

「私はいつも賭けてきた。もし、兄が生きて見つかれば……私が見殺しにしようとしたことがばれてしまう。まどなを助けたときも、焼け死んでいたかもしれない。人の一生は博《ばく》打《ち》です。だから私は家族も持たなかった」

私を断罪しますか。——そう言いたげな目で見てくる。カラスコは額の汗を拭いた。

この男の言うことは、どこまで本当なのかわからない。

「その話は、真に受けないでおきましょう」

それは賢明だ、と大野木は笑った。

「ところで今日は何用でしたかな。まさか茶飲み話のために来たわけではないでしょう」

訊かれてカラスコは言葉を探した。大野木が摂津の屋敷に戻っているというので、その考えを少しでも聞き出したくて来たのだ。だが、言い訳めいた理由なら一応考えてきた。

「あ……いや。精霊洞の岩盤が緩んでいるように思えるのです。できれば、補強をしたいのですが、お力添えをと思いまして」

嘘ではない。精霊洞は山から入るが、背後は海に面しており、切り立った崖になっている。天然の洞窟《どうくつ》を利用したため、礼拝堂は内部をかなり無理をして広げた造りだ。長雨や地震があれば、危険な状態にもなりかねない。

「わかりました。小倉《おぐら》に言っておきましょう」

カラスコの言葉を疑った様子もなく、大野木は気前よく答えた。確かにこういう支援者は、切支丹にとってどれだけありがたいか。しかし……。

（この国の婦人を、国外に送り出す目的は何ですか。もしやそれは、奴隷貿易というものなのではありませんか）


本当に訊きたかったのはそれだった。だが、恐ろしくて訊けない。否定されても信じられない。肯定されてしまえば、カラスコも共犯者と同じだ。

主よ……と、胸の内で十字を切り、カラスコは礼を言って大野木の屋敷を出た。外で待っていたじゅりあんが駆け寄ってくる。

「いかがでしたか。大野木様はなんと？」

じゅりあんには精霊洞の普請《ふしん》の依頼をするということ以外、何も話していない。カラスコはこの無垢な若者に伴天連の黒い部分を知られたくなかった。

布教と称し、異国の征服や虐殺に手を貸す。意に沿わない者は異端として殺す。教会の腐敗した実体……。もちろん、それがすべてではない。主の教えが間違っているわけではないのだ。人の問題だ。だが、実情を知ればこの国の切支丹も落胆するだろう。

（私はじゅりあんに軽蔑《けいべつ》されたくないのだ……なんと小さい）

宗教の歴史は、血の歴史……。どれほど殺しても、自分の流した血のほうが多いと言い張る。誰の血も尊いものではないのか。

聖職者となるには、カラスコは誠実すぎたのかもしれない。

ずるくなれれば、どれほど楽だろうか。人は騙《だま》せても、神と自分は騙せない。

苦悩を抑え込み、弟子とも言うべき若者に微笑みを返す。

「あとで小倉様を寄越してくださるそうです」

「それはよかった。大野木様のおかげで、切支丹も安心して礼拝ができます」

素晴らしいお方です、とじゅりあんは笑った。純真な青年だ。彼を一人前にするのが自分の務めだとカラスコは思う。穢《けが》れを見せずに育てるのがいいのか、それとも……。

「……カテリナ様には、神に似た力があるのでしょうか」

町を歩きながら、ふと思い出したように、じゅりあんは腹をさすった。

夕餉の貝は食べないほうがいい、と言われたあの日、本当に貝のスープが夕餉に出た。じゅりあんは普通に食事をとり、カラスコは念のために控えた。結果、その夜じゅりあんは腹痛にのたうち回ることになり、三日ほど寝込んだ。

「わかりません。しかし、その話はしないほうがいいでしょう。カテリナ様に迷惑がかかるかもしれませんからね」

不思議な力を持った赤毛の女――それだけで、異端の疑いをかけられかねない。ひょっとすると、彼女がこの国に来たのには、そういう理由があったのか。

「お紋《もん》という娘、最近カテリナ様のところへあまり行っていないらしいのです。カテリナ様も一段とふさぎ込んでいると聞きました。いえ、私としてはあのような失礼なところのある婦人は好かないのですが、精霊洞の象徴のような方ですし」

今日のじゅりあんはよくしゃべる。カラスコの気落ちを察したのかもしれない。

「しかし……あのお紋、切支丹でありながら不信心で、カラスコ様にも無礼極まりない娘です。私はいつか、あの娘にしっかり主の教えを説きたい。まともな信徒にしたい。あの娘を悔い改めさせることができたら、私も一人前なのではないかとそう思っています！」

さすがに弟子だけあって、考え方が自分に似ている。カラスコがじゅりあんを一人前にすることに使命を感じているのと同じだ。

（だが、じゅりあんの相手は手強《てごわ》い）

お紋を敬虔《けいけん》な切支丹にするのは、仏門の僧を改宗させるより難しいかもしれない。

「目標を持つのはいいことです」

重い気分だったカラスコも、つい笑っていた。

3

風が強くなってきた。昼だというのに、空も暗い。嵐《あらし》が来るのだ。

お紋はぎゅっと手ぬぐいを頭に巻いた。

千寿は見つからない。当然だろう。大野木双悦に追われていることは知らなくても、太閤が捜していることは知っているはずだ。警戒しているに決まっている。

（案外、もう京を出たのかもしれない）

それならいい。ここから遠く離れて、消えてくれるなら。

だが、大野木が諦めるまではお紋も捜し続けるしかない。そのため、お紋はここしばらく精霊洞に行けずにいた。村にはときどき眠るために帰る。ろくに仕事をしなくなったお紋への風当たりは強いが、大野木様に頼まれた務めがあると言えば、村人たちも黙るしかない。険悪な状況には変わりなく、昨日はどこからか石が飛んできて、お紋の肩にぶつかった。怪我《けが》はしなかったが、よっぽど嫌われているようだ。

いわば咎人《とがにん》の村だ。和を乱す者は疎まれる。互いに同じ罪を共有することでしか、相手を信頼することができない。あんな村――本当はもう出てしまいたかった。愛着を持ったことなど一度もない。

お紋は街道を歩いて、京へと向かう。

見つけたらすぐに千寿を殺すつもりだった。そのために鉄砲を持ち歩くようになった。相手は伏見城で男たちを蹴散《けち》らして逃げるような女だ。素手で戦っても勝てそうにない。背負った籠《かご》に鉄砲や火種を突っ込んでいる。もちろんそれとわからぬように布でくるんでいた。葱《ねぎ》の二、三本も入れておけば百姓娘にしか見えないだろう。

人と話すのは苦手だが、聞き込みはしたほうがいい。今日は聚楽第《じゅらくだい》のある山城《やましろ》のほうへ向かってみようと思った。あそこは近々取り壊されるらしい。

途中、茶店に寄った。すると、背後にいた二人の尼が震えながら、店の主《あるじ》から水をもらっていた。どうやら何か、狼藉《ろうぜき》を働かれたらしい。

「尼様の頭巾《ずきん》をひっぺがそうとしたんですか。そりゃひどい」

「罰当たりな賊もいたもんだ」

店の者たちが、怯《おび》える尼僧を慰めている。

「でも、旅のお坊様が助けてくださいました。身を挺《てい》して、わたくしたちに逃げるようにと……。それはそれは強い方で、ただ向こうは三人でしたので、どうなったか心配で」

お紋は思わず話しかけた。

「そいつらは、なんだって頭巾を取ろうとしたんだい。手込めにでもされかけたのか」

ずけずけと訊いてくる娘に尼僧は驚いたようだが、首を横に振る。

「いいえ、そういう目的ではないように見えました。いきなり髪を見せろと言って」

尼にどちらから来たかを訊ね、お紋は京の方向へ走った。

間違いない。千寿を捜している連中だ。大野木の配下か、それとも太閤のほうか。

（それを邪魔したという僧は、もしかして……）

追われていても、そういうお節介なことをしそうな女だ。

しばらく行くと、街道脇《わき》に倒れている男が見つかった。したたかにやられたらしく、腕があらぬ方向に曲がっていた。尼僧の話では三人いたというが、今は一人だけだった。

「あんたかい、尼に髪を見せろと乱暴した奴は」

小娘に横柄な口をきかれ、男は嚙《か》みつきそうな形相になった。無事なほうの手で摑みかかろうとする。

「答えなよ」

周囲は田圃《たんぼ》だが、収穫も終わって人影はない。お紋は籠から火縄を取ると、銃口を男に突きつけた。火がついているわけではないので撃つことはできない。だが、突然のことに頭が回らないのか、男は後ずさった。

「あ……ああ」

額に向けられた銃口に、上目遣いに視線を寄せて、震えるように肯く。

「邪魔をした旅の坊さんってのと、あんたの仲間はどこ行ったんだい」

「女が……山に逃げて……追っていった」

「女？　へえ、坊さんは女だったんだ」

訊かれもしないことまで口にしてしまったことに気づき、男はうろたえた。

「……赤い髪のお姫様だろ」

にやっと笑って、お紋は田圃の畦道《あぜみち》を駆けた。脚も怪我していたらしい男は動くこともできない。追ってくる心配はなかった。

秋色に変わり始めた小山を目指す。走り抜けたような足跡が何人分か残っていた。

お優しい千寿姫様は、自分が狙われているというのに、尼僧を助けずにはいられなかったらしい。その結果、疑われた……間抜けな女だ。お紋はふんと鼻を鳴らした。

織田《おだ》や徳川《とくがわ》などと違い、子宝に恵まれなかった豊臣にとって、血縁者はそれこそ宝物なのだろう。それが跳ねっ返りの赤髪の娘でもだ。娘は子を産む。その子が男子なら、それもまた後継者候補になりかねない。

太閤秀吉にとっても、大野木双悦にとっても、千寿は利用価値がありすぎる。

豊臣の姫となるならまだいい。だが、大野木に捕まってもらっては困る。まどなは娘を人質にとられて身動きできなくなる。

だから、千寿には消えてもらうしかない。もちろん、まどなは悲しむだろう。だが、その悲しみは永遠ではない。だが、大野木は生きている限りまどなを苦しめるだろう。

（あたしがいる。まどなには、あたしがいるんだ）

乱暴なところを見ると、おそらくこの追っ手は大野木側の者だ。太閤の配下なら、お姫様に万が一にも怪我などさせないよう、もう少し気をつけるだろう。

……そいつらより先に殺すだけだ。

ざくざくと山に入る。風が強い。空は今にも降りだしそうだった。一度止まって、火縄が濡《ぬ》れないように布でさらに巻いた。籠の上にも蓋をする。お紋の火縄は二尺ほどの長さだ。背負ってきた長めの籠にすっぽり収まる。それでも降ってきたら探索は諦め、急いで雨宿りをしなければならない。火縄に水は大敵だ。

村の共有物だが、この火縄はお紋の気に入りだった。他の鉄砲より短く軽いので、女のお紋にも扱いやすい。そのぶん命中率は悪いようだが、銃など癖さえ摑んでしまえばたいした違いはない。要は扱う者の腕だ。

足音が聞こえてくる。千寿か、追っ手か。……近い。そしてわずかに雨が降ってきた。この天気では鉄砲は使えない。千寿を仕留めることばかり考えて、深追いしすぎた。

お紋は木の陰に潜む。懐には小太刀があるが、鉄砲と違って振り回すくらいしかできない。小さな山が湿り気を帯びてきた。草履に土が張りつく程度に雨が降っている。まだ小《こ》雨《さめ》だが、本降りになりそうな気配がした。

(祠《ほこら》があったな……仕方ない)

山から下りてまず鉄砲を守ることにした。そろそろと歩きだしたとき、木々の間から脇差しを持った男が現れた。

「なんだてめえは」

「なんだよ、茸《きのこ》採りしちゃいけないかい」

あくまで百姓娘を装うが、考えてみれば普通の娘が刃物を持った男に出くわせば、もっと怖がる。お紋はそのあたりを忘れていた。

「へえ。嵐がくるってのに茸採りか、小娘」

男が襲いかかってきた。お紋は懐から小太刀を抜いて応戦する。刃《やいば》が重なり、汚い髭面《ひげづら》が近づいてきた。殺される恐怖よりも、男に顔を寄せられることのほうが心底厭だ。

「何者か知らねえが、殺しておいたほうがよさそうだな」

がっと脚を開いて踏ん張るが、力任せに男に弾《はじ》かれ、身体が横に滑った。前のめりに倒れて手をついたが、男に背中を踏みつけられて、濡れた土に顔がつく。

殺される、と思ったとき、雨空をつんざくように銃声が響いた。

男がどうと横に倒れる。そのまま斜面を転がっていった。

(雨の中で、鉄砲だって——？)

お紋はおそるおそる顔を上げた。斜面の上方に銃を持った人影があった。雲水の恰好をして、濡れた赤い髪が肩を覆っていた。綺麗《きれい》な顔は、なんでこんな奴を助けなきゃならないのか、と不満そうにゆがんでいる。

立ち去ろうと千寿は踵《きびす》を返す。そのとき、頭上に大きな網が落ちてきた。網はあっというまに千寿を包んだ。上から締め上げられ、たまらず膝《ひざ》をつく。男の声が響いた。

「悪いな、法師サマ」

「仁吉かっ」

千寿は木の上を見て叫んだ。

「金が入り用になって、また雇われた。いけすかない奴だが、金払いがよくてな」

ずんと音をたてて、木の枝から大男が降りてきた。千寿の首に素早く手刀をあてる。

ぐったりした身体を肩に担ぐとお紋には目もくれず、すたすたと山を下りていく。

倒れたまま大男を見送ったお紋は、拳《こぶし》を地面に叩《たた》きつけた。

「……くそっ」

助けられた――まどなの娘に。殺そうとしていた相手に。

冗談じゃない。


まだ首が痛かった。ひ弱な奴なら死んでいたんじゃないかと思う。手刀を喰《く》らったところをさすりたいが、目覚めたときには縄で縛りあげられていた。

「仁吉の奴……」

千寿は恨みを込めてつぶやく。

見たところ、どこかの座敷牢《ざしきろう》のようだ。綺麗な畳に寝具が敷かれ、千寿はその上に縛られたまま寝かされていた。足までは拘束されていないので、歩き回ることはできそうだ。

地下だろうか。上方の明かり採りの小窓から、わずかな光だけが射し込んでいる。昼なのだろうが、部屋は薄暗い。どれくらい気を失っていたのか、嵐は通り過ぎたようだ。どこのどいつの屋敷なのだろう。おそらく仁吉の雇い主の住まいだとは思うが、地下に座敷牢があるような屋敷だ。主がまともとは思えなかった。

千寿は腹立ちまぎれに壁を蹴飛ばした。蹴り破れるような造りではなかった。木製の格子も頑丈そうだ。

気がつけば〈でうす〉がなかった。荷物はすべて奪われたようだ。

雨の中、やむなく使ってしまった。いかに火縄ではないとはいえ、濡れるのはまずい。手入れをしなければならないが、今頃は構造を調べるのに分解されているかもしれない。

（すまん……親父様）

この世にただ一つの鉄砲だ。何があろうと守り通してきたのに、網などに搦《から》め捕《と》られるとは我ながら情けない。

陸奥では狩りをして生きていたが、今度はこちらが狩られてしまったか。――そんなことを思いながら、指を動かす。結び目を緩めることができれば、なんとかなりそうだ。

階段を降りてくる音がした。千寿は急いで布団の上にあぐらをかいた。

現れたのは仁吉だ。思いっきり睨《にら》みつけてやる。

「そう怖い顔をするな」

仁吉は格子の前にでんと座った。

「おまえさんが、本当に太閤の娘とはなあ」

「好きで太閤の娘に生まれたわけでもない。育てられた覚えもない」

むっつりと言い返す。

「ああ、誰も身分や親は選べんな。おれの父親は柴田勝家《しばたかついえ》様に仕えていた忍びでな。主君も親兄弟も秀吉に殺された」

千寿は驚かない。太閤に恨みを持っていたのは自分も同じだ。この世にはそんな奴が掃いて捨てるほどいる。

「その恨みを娘で晴らすか」

「そこまで腐ってはおらん。おまえさんはいい女だ」

仁吉は俯《うつむ》く。

「殺しても殺されても、恨まないのが戦のきまりよ。おれは今も戦をしている」

それはきっと、わたしもだ……うっかり共感してしまう。

「家族は死んだが、惚《ほ》れた女が一人いてな。これが病に臥《ふ》せっている。もう失いたくない。金がいる。そういうことだ」

恨みにくいことを言われ、千寿はますます不機嫌になった。

「……雇い主は誰だ」

「答えられん。まあ、名を挙げたところでわからないだろうがな。嵐のために報《しら》せが遅れたが、明日にはここへ来るだろう。直接本人に訊いてくれ」

するとそいつは、今はこの屋敷にいないということだ。

「わたしの鉄砲は？」

「隣の部屋にまとめて置いてあるようだ。おまえさんの持ち物には、主が来るまで手をつけることはないと思う。……しかし、あれは厄介だな。ここの主も火縄ではない鉄砲と知れば、大いに興味を持ちそうだ」

仁吉は立ち上がる。

「さて、おれは帰らせてもらう。おまえは姫様だ。粗末には扱わないだろうよ」

仁吉が立ち去ったあと、まもなく膳《ぜん》が運ばれてきた。

「縄を外す。逃げようなどと思うなよ」

千寿は知らないが、その男は廉次《れんじ》だった。

縛《いまし》めの縄を切られて自由にはなったが、逃げ出せそうにない。廉次が武器を持った十数名の男たちを引き連れてきたからだ。それに、ただ逃げればいいというわけではない。まず〈でうす〉を回収しなければならないのだ。

「ただの女じゃないぞ。化け物と思って警備しろ」

そんな囁きが聞こえてきた。失礼な連中だ。

疲れを取るために、その日はしっかり眠ることにした。

そういえば、あの隻眼の小娘はどうしただろう。あんな山の中で偶然はありえない。結局、あいつはなんだったのか。つい助けてしまったが、あれも敵ではないのか。

（……知らん）

すぐに千寿は眠りに落ちた。


翌日の昼過ぎになって、親玉らしき男がやってきた。少し離れて、見張り番の廉次と側近らしい小倉という男が立っている。

「お初にお目にかかります」

商人とも侍ともつかない小綺麗な男だった。痩《や》せて、油断のならない目をしていた。

「不自由していることはありませんか。なんでも言いつけてやってください」

「ここから出せ」

「それはもう少しお待ちを――しかし素晴らしい。豊臣の姫にふさわしい美しさですな」

座敷牢の格子ごしに、値踏みするように千寿を見る。

「その豊臣のお姫様をこんなところに閉じ込めてるおまえは何者なんだ」

千寿の口のききように男は面食らったようだ。だが、すぐに笑う。

「私は大野木双悦と申します。元はさる大名に仕えておりましたが、今は浪々の身。というより、もう商人ですよ」

大野木双悦……その名に聞き覚えがあった。伏見城で侍女が英吉利の茶器がどうとかと言っていたときだ。太閤に異国のものを献上するくらいなら、かなりの商人なのだろう。

「その商人が、わたしをどうしようというのだ。太閤に売るのか」

「確かに高く買ってもらえそうだ。だが、そういうこぢんまりした悪巧みは好まない。太閤の自由になるのが厭だというなら、私はあなたにとって福の神だ」

考えがまるで読めないが、相当な悪党のようだ。千寿は大野木にきつい目を向けた。

「私はね、あなたと取引がしたい」

「取引だと」

「さよう。損はさせない」

「太閤の娘をさらって……命が惜しくはないわけか」

軽く脅してみるが、気にも留めていない。

「私にとって太閤は恋敵みたいなものかもしれない。ゆえに私も天下を獲りたいと思っています。それができないなら所詮《しょせん》、惜しむほどの命ではない」

武士から商人になった男が天下を狙う。ましてや太閤が恋敵とは、冗談にしても意味がわからない。

「あなたの母君はなんというか……凍《い》てつく炎のような人だ。だが、あなたは正真正銘、焼き尽くす炎だな」

「母を……知っているのか」

千寿は牢の格子を摑んだ。

「悪魔《ディアブロ》に導かれ……魔女と出逢《であ》った。そんな感じかな。私はあのとき確かに呼ばれた」

この男は、母が魔女と呼ばれていたことまで知っているのか。

「あなたの母君に見つめられると、私は石にでもなったような気がする。南蛮にならそんな魔物がおりますかな。わかっていても破滅の匂いに誘われてしまう……困ったものだ」

うっとりと語る。聞いていると、まるで母がまだ生きているかのようだ。大野木が何を言わんとしているのか、千寿には理解できなかった。

「伏見城が近いので落ち着かない。ここでは話せませんな。本宅にあなたを迎える準備をしておきましょう。是非会っていただきたい方もいらっしゃいますから」

怪訝《けげん》な顔を見せた千寿に、大野木は思わず苦笑した。

「まあ、楽しみに待っていてください。姫君に主の祝福があらんことを。では、まずはこれにて失礼つかまつる」

切支丹なのか、この男は。それにしては不謹慎な物言いが多いように思えた。

踵を返した大野木が、廉次に言う。

「姫様をしっかりお守りするようにな。おまえが責任を持ってやれ」

へい、と廉次は頭を下げた。

「千寿姫の持ち物を検《あらた》めますか？　中には火縄もあったようですが」

傍らで小倉が囁く。

千寿には聞こえないように気を遣っているのかもしれないが、子どもの頃から狩りをしている千寿は、人並みはずれて目や耳がいい。

「ああ、鉄砲鍛冶に育てられて狩りをしておられたのだったな。まあいい、ご婦人の荷物を勝手に調べても恨まれるだけだ。これから仲良くやっていかねばならんのでな。それより今後のことだが、当分おまえに――」

ひそひそとそんな話をしながら、人攫《ひとさら》いたちは消えた。

どうやら、あの鉄砲をまだ火縄だと思っているらしい。確かに銃器に詳しい者でなければ、一瞥《いちべつ》しただけでは違いに気づかないだろう。鉄砲といえば火縄しかないのだから、それ以外のものがあるなどという発想はないはずだ。

ともかく、助かった。あとはどうやって〈でうす〉を取り戻し、逃げるかだ。

（夜を待つか……）

4

六つだったか、いや七つか……住んでいた村から逃げることになったのは。

どこの軍だったのかも、どういう戦だったのかもわからない。ただいつのまにかそこは戦場になっていた。収穫前の稲が燃えるのが悲しかったことは覚えている。

あんなにみんなで頑張って育てたのに、なぜ燃やすのだろう。米は命そのものなのに。子ども心にも悔しかった。母親は逃げる途中で死んだ。父と弟と三人、しばらく物乞《ものご》いのような生活をした。ある日、その弟も死んだ……。

やっと落ち着いたところが、〈火の村〉だった。あそこはそんな連中ばかりだ。

表向きは正規の南蛮貿易商人だが、大野木双悦は密《ひそ》かに火薬や炮烙玉《ほうろくだま》を作らせ、それを売って莫大《ばくだい》な財を得ている。異国にこの国の女たちまで売りさばいている。そのあたりがわかったのは、ここ一、二年のことだ。

五年前、父親も死んだ。それからは、思考を持たない家畜のようになった。そんな自分に生きる意味をくれたのが、まどなだ。一緒にいるだけで、暖かくて幸せだった。

（ずっと〈るちや〉でいたい――そのためには）

京の大野木邸の前まで来て、お紋は深く息を吸って吐いた。感傷も同時に吐き捨てる。

おそらく、千寿はここに囚《とら》われている。先ほど大野木が駆けつけてきた。獲物を手に入れて満足そうな顔をしていた。

（地下に座敷牢があるって話だから、たぶんそこ）

裏に回り、様子をうかがう。

屋敷に侵入して千寿を殺す。だが、鉄砲を使えばすぐに人が集まるだろう。鉄砲や炮烙玉はこっそり殺すには向かない道具だ。自分が千寿を手にかけたことを大野木に知られれば、火の村全体に累が及ぶ。大嫌いな村だが、自分のせいでという負い目だけは背負いたくない。下手人を知られないよう始末をつける必要がある。

それに……あの女には借りができた。思い出すと、地団駄を踏みたくなる。よりによってあいつに命を助けられるなんて。さっさと逃げていればいいものを、お紋を助けたせいで捕まったようなものだ。どれだけ馬鹿なのか。

侵入のためのものを用意し、お紋は夜を待つことにした。

木の陰で目を閉じる。悲しげなまどなの顔が浮かんだが、頭を振って消し去った。

昼間、充分寝たこともあり、夜になると千寿の目は冴《さ》えていた。

今夜は十三夜だ。空気でわかる、雨は降っていない。さすがに月夜かどうかまではわからないが、逃げ出すにはちょうどいい。

夜になっても牢の前には見張りの男が座っていた。油で灯《とも》された小さな火が揺れている。廉次の部下か、若い男が一人……たらしこめそうな気がする。

（色仕掛けで……）

寝具の上に寝そべり、方法を考えてみた。晴姫には偉そうなことを語ったが、実は千寿もあまり男心はわからない。だから平六とはよく喧嘩《けんか》した。結局、うまくいかなかった。

（いや、あれはあっちが悪い。肝心なときにいない男など……）

自分も若かった。思い出すと、少しばかり気分が悪い。

とりあえず素っ裸《すぱだか》になって、おいでおいでをしてみるか──。

さっそく千寿は羽織《はおり》を脱ぎ、寝間着の帯を緩めようとした。そのとき、階段を下りてくる足音が聞こえた。

「お勤めご苦労様です。差し入れでございます」

女の声だった。それもどこかで聞いたような声だ。見張りは階段の下にいるので、ここからは女の顔は見えない。

「おお、これはかたじけな──」

男は最後まで礼を言うことができなかった。何か重いものが倒れる音がした。続いて引きずるような音。

「何をしている」

見張りの男を引きずりながら現れた女に、千寿は声をかけた。

「見てのとおりさ。静かにしてな」

女中のような着物を着ている。片目を隠してはいなかったが、ぶん殴ったり助けたりした、あの娘だった。そういえば千寿は名も知らない。

男の懐から鍵束《かぎたば》を取りだし、牢の戸口を固めている南京錠《なんきんじょう》の鍵穴に次々と突っ込む。暗いせいか鍵を開けるのにも一苦労だ。間近で娘の顔を見ると、片方の目が白濁しているようだった。隻眼であるのは確かなようだ。

「見てる暇があったら、逃げる準備をしな。寝間着のまま走ったら目立つだろ」

本当に千寿を逃がすつもりで来たのか。

千寿は脇に置いてあった雲水の着物に着替えた。手ぬぐいを裂いて、うなじのあたりで髪を縛る。ちょうど牢が開いて、隻眼の娘が見張りを引きずって中に入れた。ぐるぐると縄で縛りあげ、猿ぐつわをかませ、上から布団をかけて隠している。

「行くよ、ついてきな」

「待て。〈でうす〉が隣にあるはずだ」

牢を出ると千寿は隣の部屋の戸を開けた。納戸として使っているようだ。行李《こうり》の上に、笠や錫杖《しゃくじょう》と一緒にまとめて〈でうす〉が置かれていた。

「雨の中でも使える……それが〈でうす〉かい。また気の利いた名前をつけたもんだね」

「父が造って、名づけた」

「親父って……太閤？」

この娘は、千寿の実父が太閤であることまで知っているらしい。

「あんな糞親父ではない。わたしを拾ってくれた親父様だ。——さ、急ぐぞ」

千寿は先陣を切って駆けだした。音をたてずに階段を上る。

「偉そうなんだよっ」

小声で文句を言いながら、お紋がついてくる。二人は地下から出ると、慎重に廊下を渡る。丑《うし》三《み》つ刻《どき》、屋敷の者たちは眠っている。

流しで男が一人倒れていた。この隻眼の娘が侵入するときに倒した見張りだろう。

千寿は感心した。裏口から外へ出ると、娘は木の枝にぶら下げてあった籠を背負った。

十三夜の月が西に傾いて、夜道を教えてくれていた。月下に伏見城の天守閣が見えた。

それだけでこの屋敷の位置がだいたいわかる。

「気づかれる前に、逃げられるだけ逃げるよ、こっちだ」

女二人、夜の京を駆ける。その間は終始無言だった。秋の夜気が汗をかいた肌を冷やす。二、三日前のことなのに、仁吉に捕まったときより急に寒くなったと感じた。夏の初めに陸奥を出て、もうこんな季節になったのだと改めて千寿は思う。

(……風邪などひいていなければ、いいのだけれど……)

折に触れ、思い出す。

走った分だけ、陸奥は遠くなっていた。


明け方はひときわ冷える。白んでくる東の空に暖かさは感じない。

走り続けたお紋の脚も限界のようだった。自然と歩く速度になる。

「ところで、名を聞いていなかったな」

千寿は傍らの娘に問いかけた。そろそろ自分が何者といるのか知りたくなったのだ。

「……紋」

答える娘の息はまだ上がっていた。立ち止まって呼吸を整える。たいして疲れた様子もない千寿を、お紋は恨めしそうに見上げた。

「七、八里は走っただろうに、なんでそう平気なツラしてんだい。畜生め」

もう駄目だとばかりに、お紋はその場へ座り込んだ。足に血が滲んでいる。

すでに街中は抜けている。ここまで来れば追っ手にそうそう追いつかれることはないだろう。向こうはおそらく、千寿がどこに逃げたかもわからないはずだ。

「お紋か。で、なんなんだ。借りを返すために助けに来たのか?」

千寿もお紋の隣に腰をおろした。

「……まあ、そんなとこさ」

お紋は見えないほうの目に布を巻いた。

「あんたもその髪、そろそろ隠しなよ。あたしの一つ目よりよっぽど目立つだろ」

それもそうかと千寿は手ぬぐいで髪を巻き直し、その上に笠をかぶった。

「おかげで逃げられた。礼を言う。しかし、なぜおまえとは二度も会っているんだ？」

「……偶然だろ。茸採りしてたんだよ」

「京で会ったのは偶然かもしれないが、この間のは無理があるだろう。だいたい、あの山に茸はまだ出てなかった。おまえはわたしを捜していたんだろう。何のためだ？」

大野木双悦とも太閤とも黒脛巾組とも違う。これ以上、自分はいったい何に追われているのか。正直もう見当もつかない。

「もしかして」

千寿は顔を近づけた。お紋がぎょっとのけぞる。

「……なんだよ」

「殴られた恨みか」

思い出したのか、お紋の唇がへの字に曲がる。

「別に……あれはあたしが悪かったのさ」

悪いことを言ったという自覚はあるらしい。

「では、なんだ？」

「ふん。知りたいならついてきな」

どうやら、いろいろと企《たくら》みがありそうだ。

「わかった。さあ、行くぞ。早くしろ」

立ち上がったら怒鳴り返された。

「だから、まだあたしは脚が動かないんだよ！」

やれやれと肩をすくめて再び座り直した千寿に、お紋は悔しそうに顔をそむけた。可愛らしい顔をしているのに、扱いにくい女のようだ。

「あんたのその鉄砲はなんだい。なんで雨の中で撃てるのさ」

千寿は躊躇《ちゅうちょ》した。あまり話したくはないが、見られてしまっている以上、ごまかしても仕方がない。晴姫にしろお紋にしろ、どういうわけか助けなければならないときに限って雨が降っているのだから、皮肉な話だ。

「そのように造られたからだ」

「んなもん、聞いたこともない」

「たぶん、世界に一つだろう。鉄砲鍛冶の親父様が造った。今、この世にこれを造れる者はいない」

お紋は首を傾《かし》げた。

「わからないよ。火縄なしで、火薬にどうやって引火させるんだい」

「それは教えられない。おまえが自分のことを話してくれるなら考えてもいいが」

本当は千寿にも〈でうす〉の仕組みなどわからないが、ここは知ったふりをしておく。

「けち。やな女だね」

お紋は草を引きちぎると、千寿に投げつけた。

「興味があるようだな。おまえも鉄砲を扱うのか。その背中に葱と一緒に入っている長いのは、火縄か」

鉄砲を扱える女は珍しい。千寿は興味津々で顔を近づけた。

「あんた程度の射撃なら、あたしだってできるさ。変わった鉄砲持ってるくらいで、偉そうにしててんじゃないよ」

ふんと鼻を鳴らし、お紋はやっと立ち上がった。

「見せてやるよ、あたしの腕前をさ」

どこへ連れていく気なのか、歩きだしている。鉄砲の腕を見せるというなら、人里離れた場所になるのだろうが……。

空は晴れ渡り、山の稜線《りょうせん》がくっきりと浮かび上がっている。

すっかり朝になっていた。

第七章　二人のるちや

1

『どうしてそんなことを言ったんだい。決して見えたものを人に話してはいけないと、あれほど言ったじゃないの』

母は両手で顔を覆った。

『ごめんなさい、まぁま。でも、西の道を通ったら死んじゃうってわかっているのに、何も言わないなんてできなかったの』

隣村の教会で会合があるという村長に、カテリナはパンを届けた。そのとき手が触れた。そして見えてしまったのだ。近道の崖下《がけした》を通るとどうなるかが。

村長は笑って、カテリナの言葉を信じなかった。そして土砂に埋もれて死んだ。そのことが、まるでカテリナがかけた呪《のろ》いのように村中に伝わってしまった。

あれは魔女だ、赤毛の魔女――違う。わたしは村長さんを助けたかったの。

燃やせ、皮を剝《は》げ、殺せ——怖い。神様、助けて！　それなの
に、どうしてわたしが魔女なの。
教会で祈りを捧《ささ》げた。デウスの教えを守り、貧しくとも慎み深く生きてきた。それなの
に、どうしてわたしが魔女なの。

ごく普通の十七の娘には何もかもがわからなかった。捕まり尋問され、指を潰《つぶ》された。
火刑の判決が下されるだろうと言われた。その牢屋《ろうや》には同じような女たちが集められてい
た。皆、身に覚えのないことで火に焼かれようとしていたのだ。
ある夜、看守の男が言った。
『この国から逃げよう。天国はここにはない。おまえたちは主に見捨てられたんだ。そこ
の浜に船を用意した。それに乗れ。教会も異端審問もない楽園へ連れていってやる』
他《ほか》に選択肢などなかった。救われたと思って船に乗った。まさかそれが人買いの船とも
知らず、女たちは船倉に押しこめられた。病気になり、生きたまま海に捨てられた者もい
た。各地の娼館《しょうかん》へと売られ、カテリナは最後の一人になった。途中、人買いから商船に
売られ、東の果てで支配者に献上品として捧げられることになった。
不思議な国だった。聞いたことのない言葉、見たことのない文字。なにより神様まで違
うのだという。
長旅ですっかり汚れていた娘は、大急ぎで磨かれた。新しい綺麗《きれい》なドレスに着替えさせ
られ、変わった形の城に連れてこられた。

『オダサマ、お近づきのしるしに、これはほんの手土産。南蛮人形にございます。お好きなようになさってください』

この頃にはもう、感情をなくしていた。悲しみも絶望もすでに遠い記憶にすぎなかった。まして幸せなど覚えてもいない。

赤い髪の人形は、冷たい目をした男を見つめる。

奇妙な服を着て、変わった髪型をして、口髭《くちひげ》を生やした男だった。これが〈オダサマ〉。わたしの飼い主。

みゃあお、とでも啼《な》いて甘えればいいのかしら……。

＊　＊　＊

カラスコは言葉もなかった。

まどなの口から語られたその半生はあまりにも無残で、聖職者として聞くに堪えない。

見舞いに来たのは、カテリナとルチヤの母娘《おやこ》のことを聞きたかったからだ。が、魔女と呼ばれ、売られた女の話は想像以上に重いものだった。じゅりあんに部屋の外で待つように言ったのは正解だった。こんな話はとても聞かせられない。

今まで頑《かたく》なに口を閉ざしてきたまどなが、どうして急に語り始めたのか……それは想像がつく。大野木双悦《おおのぎそうえつ》だ。あの男を止めることができないか、模索しているのだろう。

「今でも左手の小指は動きません……」

尋問されたときの怪我《けが》のことだ。彼らは指を潰したり、焼けた釘《くぎ》を刺したりする。そんな責め苦を受ければ、たいていの者は白を黒と認めるだろう。

「……神よ」

「この話を聞いても、あなたはわたしを汚らわしいとは思わないのですか」

「汚れているのは、我らだ……そして無力です」

こんなものは神の教えではない。神の名を汚すものだ。

「カラスコ様は本当に変わった方ね。あなたのような聖職者は初めてです」

まどなは寝台に横たわったまま、少し疲れたように目を閉じた。

「でも、この国の王はわたしに興味を持たなかったのです。ある日、小柄な家臣を呼ぶとこう言いました。『男であれ女であれ、意志を持たぬ者はいらん。猿、この人形はおまえにくれてやる』……そうしてわたしは、猿の持ち物となりました」

閉じられた目蓋《まぶた》の下に、その光景が浮かび上がっているのかもしれなかった。

「そのときは、どういう意味かわからなかった。……でも言葉を覚えてから、ああそういうことかと気づきました。人形を抱いてもつまらない……もっともなことです。王には捨てられましたが、猿はわたしを大事にしてくれました」

それからしばらくして、猿は王になりました……と付け加え、まどなは笑った。

木下藤吉郎《きのしたとうきちろう》改め羽柴秀吉《はしばひでよし》は、南蛮の側女《そばめ》を手に入れ、一年ほどでその女を尼寺に入れた。異人ということで、正式な側室として迎えづらい面もあったのだろう。

まどなは尼寺で娘を産んだ。

「この間は凪《なぎ》のように穏やかでした。幼子の屈託のない笑顔に、わたしも忘れていた心を取り戻しました。このままずっとこうしていられたら……そう思いました」

だが、国はさらに激動していく。織田信長《おだのぶなが》は本能寺に斃《たお》れ、羽柴秀吉が次なる覇者として快進撃を続ける。根来《ねごろ》の戦で尼寺が焼け落ちた翌年、秀吉は豊臣《とよとみ》姓を賜り、太政大臣となる。さらにその翌年、伴天連《バテレン》追放令が出された。

「伴天連の方々はご不満でしょうけど、わたしはあの方が追放令を出したのは、この国にとってはよいことだと思います。天下を統《す》べる者として、正しいと思っております」

まどなは言い切った。あなたはどう思うのかしら――と、見上げてくる青い瞳《ひとみ》はそう問《と》い質《ただ》してくる。自分は今この女に試されているのだ、とカラスコは思った。

布教と征服事業は二つで一つだ。太陽の沈まぬ帝国は、新たな植民地を求めて貪欲《どんよく》に突き進む。奪い奪われ、滅んだ国はいくつもある。輝きは永遠ではない。攻めるも拒むも国を守るため。カラスコにはフェリペ二世も太閤《たいこう》も責めることはできなかった。

世界は常に戦をしている。未来永劫《えいごう》、それは変わらない。

「大野木様は百人にも及ぶ忍びを使い、プリンセサを捜しておられます。あなた方母娘は利用される。それは我が祖国にとっては好都合でしょう。どうなさるおつもりですか」

まどなは首を横に振った。

「わたしは人形でした。炎に焼かれているうちに、人形は本物の魔女になりました。魔女には魔女のやり方があります。……千寿《せんじゅ》は戦う女神です。あの子には芯《しん》がある。簡単に誰かの言いなりになどなりません。強くてしなやかな娘です」

カラスコはぞくりと身を震わせた。彼女が自らを魔女と言うのは、苦難の末の卑下だろうか。そう思いたかった。

大野木から見せられた千寿姫の姿絵には、確かに力強さを感じた。だが、まどなが知る娘は十年前の姿だ。かよわい女の身で、権力を握った者に抗《あらが》うことなどできるだろうか。

「もう少し、昔話をしてもよろしいでしょうか。わたしが娘と死に別れたと思った、あの日のことです。五十人を超える女たちが暮らす、由緒のある尼寺でした。いい季節で、あたりの山では桜が艶《あで》やかに春を彩っていて――」

＊　＊　＊

これほど近くで戦が起きたことはなかった。

尼たちは無心に、この世の安寧を仏に祈っていた。

『根来城が燃えている』

千寿が屋根の上で叫んだ。

『降りなさい、千寿』

この娘はひょいひょいとどこへでもよじ登り、寺の尼僧を困らせていた。住持にしてみれば、時の権力者から預かった大切な姫君だ。怪我でもされたら大変なことになる。

『まぁま、逃げたほうがいい。ここも危ないかもしれない』

『むやみに動くと却《かえ》って巻き込まれるのではないかと、住持様たちがおっしゃっていました。なによりわたしたちは、外には出られない……』

娘を見上げるカテリナの、赤い髪が揺れていた。本当は誰より火が怖い。城を包むあの炎は今、人を焼いている。

カテリナは炎が恐ろしかった。火事を見ると身体《からだ》が動かなくなる。炎にまかれる夢を何度見ただろう。そのたびに千寿が、まぁまにはわたしがついている、と言ってくれた。

千寿は日々剣術に励んでいた。教えてくれる者もいないのに、竹の棒で素振りし、弓の稽古《けいこ》もしていた。女だけの寺を守るのは自分だと思っているようだった。

千寿の身体能力は高い。生まれたときから寺にいるせいか、子どもながらに世の理《ことわり》がしみついているようなところもある。我が子ながら、感心させられることも多かった。

（わたしには神の加護はなかったけれど、この子には仏がついているのかもしれない）

命の濃い子どもだ。千寿はなおも避難を勧める。

『でも風が少し強い。火の粉がこちらに飛んできている。兵たちも殺気立ってる。わたしは逃げたほうがいいと思う』

合戦のあらゆる音が混じり合い、地を揺るがす。本堂ではびりびりと仏像が震えている。その震えは少しずつ大きくなっているようにも思えた。

（この寺は大丈夫。そんなことあるわけがない）

尼寺が襲われるなどありえないとカテリナは信じていた。根来の兵は城に立《た》て籠《こ》もっている。羽柴の軍勢がこの寺を狙《ねら》うわけがない。

だってここには、羽柴の姫がいる。殿がわたしたちを見捨てるはずがない。遠い異国、寄る辺ない身の上……庇《ひ》護《ご》にすがって生きてきたのだ。尼たちも危険がないと信じているのは、羽柴秀吉の愛妾《あいしょう》と娘がいるからだった。

『住持様には、逃げる支度だけはしておくよう、わたしからお願いしておきます。先ほどより登世《とせ》の泣き声がします。一緒にいてあげなさい』

そう言うと、千寿は急いで屋根から降りてきた。

登世は五つで、南蛮商人の奴隷を父に持つ。遊女に産ませた娘の存在も知らないまま、船で去っていったようだ。仮に知ったところで、奴隷の身ではどうにもならなかっただろう。その赤子を不憫《ふびん》に思った僧侶《そうりょ》が、この尼寺に頼んで引き取ってもらったらしい。

褐色の肌の登世は、生涯この尼寺で生きていくことになる。そしておそらく我が娘も。

小さい頃はるちゃと呼んでいたが、最近では意識して娘を千寿と呼ぶようにしていた。

この子も登世も、この国で生まれたこの国の人間。二つの祖国はいらない。

戦の音に怯《おび》えて泣いている登世を、千寿はしっかり抱きしめた。

『怖くないぞ、登世。わたしがいる』

千寿の頼もしさは、姉というより兄のようだ。女だらけの世界にいて、誰が教えたわけでもないのに、どういうわけか言葉遣いも振る舞いもまるで男なのだ。

(もし、殿がこの千寿を見たなら、男でないことをどれほど悔しがっただろうか)

羽柴秀吉には跡継ぎがいない……それだけに、千寿の存在は大きいものになるかもしれない。尼たちも、天下の武将の血を引く子であれば仕方がない、と千寿を女らしくさせようとはしなかった。

『千寿様を見ていると、毘沙門天《びしゃもんてん》に守られているような気すらします』

若い尼がそう言った。そう思うのもわかるが、千寿はまだ九つの娘。カテリナは我が子に重い期待を背負わせたくなかった。

根来の敗北は明らかだった。それでも乱世を動かしてきた鉄砲集団、そう易々《やすやす》と降伏などしないだろう。城の周辺も戦火でかなり被害が出ている。

泣く登世の頭を撫《な》でてやり、千寿はつぶやく。

『大丈夫だ……父上がわたしたちを見捨てるはずがない』

千寿も不安なのだ。会ったこともない父の愛情を信じたかったに違いない。この寺が焼かれるようなことがあれば、無条件に信じていたものが崩れ落ちてしまう。

合戦の様子を調べに行った寺男が戻ってきて、兵の一部が城下で略奪をしていると告げる。住持らは話し合った。どこに避難すればいいのか、下手に寺を出れば、女ばかりでは逆に襲われてしまうのではないか――何が最良かわからず、皆困惑していた。そもそも尼たちの心は、俗世の争いから最も離れた場所にある。

そんなとき、寺の屋根に火矢が飛んできて刺さった。一本では済まなかった。塀の向こうから次々と火矢は射られた。流れ矢などではない、明らかにこの寺を狙ったものだ。柱や障子に火が移る。悲鳴をあげて逃げ惑う尼たちで、たちまち寺は混乱した。

それこそ、あっというまだった。

女たちが慎《つつ》ましく生きてきた寺を、炎が焼き尽くそうとしている。

(殿……ここにはあなたの子がいるのです。なぜこのような)

カテリナは倒れた。息ができない。火に包まれている。生まれた国に裏切られ、今また子まで生《な》した男に裏切られるのか。

――魔女を焼け！

——あの異端の娘を火刑に！

——魔女は焼かれねばならぬ！

いくつもの声がした。あれは村の人たちの声か、神の声なのか。

炎は意志をもって襲ってくる。うねうねと広がり、うめき声をあげて、哀れな女を灰にしようと襲いかかってくる。

やはりわたしは火に焼かれるらしい。遠い異国まで逃げても、魔女を焼き尽くす業火が追いかけてくる。これがさだめ……意識が途切れかけたとき、千寿の声がした。

『まぁま、逃げよう、さあ立って！』

しっかりしろと千寿に抱かれた。元気があって力も強い子だが、さすがにこの状況で大人一人を抱き上げることはできない。

『るちや……母はいいから、登世を連れて逃げなさい』

『厭《いや》だ。絶対、まぁまを助ける！』

千寿は母を引きずり、寺から出ようとする。しかしもう、炎と煙で方向もわからない。

千寿は、激しく咳《せ》きこんだ。

『るち……小さき者を……守り……さい……。ディ……ノソ……ディ……マト』

もう何を言っているのか、自分でもわからない。とにかく我が子の身体を押した。

千寿は悔しそうにこちらを睨《にら》みつけ、すぐに駆けだした。登世を捜しに行ったのだ。

残して死ぬのは辛《つら》いという気持ち。生きてほしいという祈り。二つの相反した心にさいなまれながら、意識が薄れていく。

そのとき、声がした。

『助けに参りました』

『もう……いい。ここで、もう……』

もうもうと立ちこめる煙の中、見たこともない侍がそこにいた。

拒んだ。もうこれ以上、生きていたいとは思わなかった。

『わたしは魔女……炎に焼かれて地獄に落ちる』

祖国の言葉でそうつぶやいた。通じるわけもないのだが、朦朧《もうろう》とした死に際に、つい口をついて出ていた。

『死はいつでも叶《かな》えられる。今は我とともに生きよ』

思いがけず、同じ祖国の言葉が返ってきた。

悪魔《ディアブロ》に誘われた。それは、甘く苦く……。

＊　＊　＊

「その悪魔《ディアブロ》が大野木様ですか」

カラスコが問うと、まどなは首を傾《かし》げた。

「助けにきてくださったのは大野木様です。ですが、南蛮人と交流があった大野木様でも、かの国の言葉は挨拶《あいさつ》程度しか知りませんでした。だからわたしは消えゆく意識の中で、本当に悪魔《ディアブロ》の言葉を聞いたのかもしれません」

炎に追われる悪夢は長年に亘《わた》り、まどなの身も心もさいなんできたようだ。

「大野木様は当時、大名に仕える侍で、主君の命令で戦を偵察に来ていたようです。太閤の妾《めかけ》がいることを知っていて、賭《か》けに出たのでしょう。火傷《やけど》を負い、気づいたのは二日後でした」

まどなの背中には十字架に似た火傷の痕《あと》がある、という噂《うわさ》は耳にしたことがあった。

「……プリンセサとは、そのとき?」

「助かったのは、あなただけだと言われました。寺はすっかり焼け落ち、骨も残らないような有り様だったと。涙も出ませんでした。抜け殻のようになって、動けるようになった頃には、赤かった髪も白くなっていました」

まどなを神秘的に見せる柔らかな銀髪は、深い悲しみの末に生まれたものだったのだ。

「大野木様はわたしを引き取りました。太閤の女を助ければ、覚えがめでたいと思ったようですが、わたしは娘を見殺しにしたあの人と会いたくありませんでした。だから頑なに拒みました。それで結局、大野木様は別の形でわたしを利用しようと考えたのです」

大野木の庇護下に入ったまどなは、その後、神格化されていった。

その時点では、大野木はまだ大名の重臣という位置にいたはずだ。しかし、まどなのことを主君にも言わなかったらしい。それから一、二年して伴天連追放令が出され、切支丹《キリシタン》だった主君は大名の地位を追われたという。

大野木が本格的に南蛮貿易を始めたのは、それがきっかけだったようだ。おそらく切支丹大名の家臣だった間に、着々と人脈を広げていたのだろう。

「自ら命を絶つことも考えました。ですが、自害するにも気力が必要のようです」

カラスコは首を振った。

「自ら死を選ぶことを、神はお許しになりません」

まどなは哀れな生き物でも見るように、カラスコに微笑《ほほえ》みかけた。

「神は関係ないのです。わたしはもう切支丹ではありませんから」

カラスコは息を呑《の》んだ。精霊洞の女神、切支丹たちから聖母《まどな》と呼ばれる女が、すでに信仰心などないことを、きっぱり宣言しているのだ。

「かといって仏を信じるのかと言われれば、それも違います。そういったものを信じるには、わたしの心はあまりにも擦り切れてしまったようです」

宣教師としてこの不信心な同胞に教えを説くべきだろうか。だが、何をしても無駄だろうともカラスコは思う。彼女の魂はすでに炎に焼かれ、この世にはない。

「わたしはお紋《もん》という少女に娘の面影を見ました。両親を亡くし、孤独のままに心を閉ざして生きる子どもでした。彼女をるちやと呼ぶことで、少しだけ救われた気になっていました。あの子と出逢《であ》ってからは、死ぬことを考えなくなりました」

まどなとお紋。すべてを諦《あきら》めたような二人の女が、欠損を補い合うように惹《ひ》かれていくさまが容易に想像できた。二人はこの世に楽園などないと実体験として知っているのだ。

「わたしは自分の国の女たちを騙《だま》し、異国へ売った女衒《ぜげん》たちこそ憎い。大野木様は同じことをしている……それをわたしにまでさせようとする」

「その点に関しては、なんとかせねばならないと思っています。宣教師は人買いではない。私もイエズス会に固く禁じるよう訴えています。しかし、商人と大野木様が結託しているうちはどうにも……信徒たちには、むやみに異国に行こうなどとは考えないようにと言ってあるのですが、真実を語る勇気がありません」

握りしめた拳《こぶし》で、カラスコは自分の膝《ひざ》を叩《たた》いた。

追放令以降、表向きには人身売買は禁じられた。だが、自分から望んで行くのであれば売買には当たらない。人は金儲《かねもう》けのためにはいくらでも抜け道を作る。

「わたしは以前から大野木様のやっていることを察していました。あの方を止めることはできなくとも、自ら動いて切支丹の女たちに忠告することはできたのです。でも……しませんでした。これは病や気力の問題ではなく、わたしの心にも悪魔《ディアブロ》がいて、甘言に騙される女たちを冷めた目で見ていたところもあるのです」

なんだか互いに懺悔《ざんげ》し合っているみたいですね、と言ってまどなは弱々しく笑った。

「わたしは死ぬつもりだったのに、誘われるままにあの人が差し伸べた手をとりました。そして次の瞬間、自分が動かなければこの人もここで死ぬと……見えてしまったのです」

つながった手に運命を感じたのは、まどなだけではないようだ。大野木にも似たような意識があるように、カラスコには感じられた。この二人は本人にも知覚できないほど深いところで、依存し合っているのかもしれない。

「……そして、互いが互いの瘴気《しょうき》に蝕《むしば》まれている」

まどなは微《かす》かに笑う。カラスコは問うた。

「どうして、私にこのような話をなさったのですか」

まどなは身の上話をして慰め合いたかったわけではない。自分の生命が短いことを知った上で、こういう行動に出たのだ。

「千寿を……この国から連れ出してほしいのです。大野木様はあの子を使い、豊臣を乗っ取ろうとするでしょう。太閤の血から逃れるためには、異国へ出るしかないと思います。カラスコ様にしか頼めません」

なるほど、そういうことか……。カラスコは納得した。心の神を失っても、母としての情だけは消えていない。だからこそ彼女はまどなと呼ばれ、愛されるのだろう。

「来月、呂宋《ルソン》に行きます。先ほどの人身売買の件、書状だけでは埒《らち》があかないものですから、管区長に直訴しようと考えておりました。――そのときに、同行者としてなら」

今は緩い追放令で済んでいる。だが、もし大野木双悦の策略が露見すれば、大きな迫害に変わるかもしれない。それこそがカラスコには恐ろしかった。

「……ありがとうございます」

「よろしければ、あなたも一緒に」

まどなは首を横に振った。強い意志を込めてカラスコの目を見る。

「このとおりの病人ですので、船旅に耐えられそうにありません。わたしはこの地で死にます。そのときには大野木様もご一緒していただくつもりです。仏教でいうところの一蓮《いちれん》托生《たくしょう》なのです、わたしたちは」

まどなは寝台の脇《わき》に置かれた花瓶から花を一輪とった。赤い彼岸花だ。

「あの人は、わたしの小鳥……」

彼岸花に唇を寄せる。白い女との対比に、カラスコは目眩《めまい》を覚えた。

「ですがその前に、運命に一矢報いたいと思っております。わたしの矢には……長くゆっくりと効く毒が塗られているのです」

やつれた美貌《びぼう》の女が、このとき確かにただの人ではない何かに見えた。

――それは、魔女か聖女か。

2

山に着いたときは、もう昼を過ぎていた。

ここは火の村にほど近い。日暮れまでに片づけて、家に帰ってやすもうとお紋は考えていた。銃声が村にまで響くかもしれないが、侵入者を始末してきたと言えば済む。

ついてくる女は、きっとこれから起きることを予測しているだろう。それでも、怯えた様子はない。よほど自分の腕と運に自信があるのか。

一撃で男を沈めていた。だがあれは標的が止まっていたからだ。こちらは逃げる者を何度も仕留めている。

(負けるわけがない……)

とはいえ、太閤の城で大暴れして脱走するような女だ。こいつはどうしてお姫様として優雅に暮らそうとは考えないのか。

「あ……そういえば、太閤に仇討《あだう》ちしなくていいのか」

「おまえはなんでも知っているんだな」

お紋の言葉に、千寿は怪訝《けげん》そうに返す。

知っているとも。おまえの母親の居場所まで。母は死んだと十年思い続けてきた娘は、何も知らないのだ。自分の母が今どんな髪の色をして、背中に何を刻まれたのかさえ。

（……教えてなどやるものか）

母と娘の感動の再会など見たくもない。

「太閤はわたしたち母子が死んだと思って、ずいぶん泣いたそうだ。不思議なものだな、たったそれだけでもういいと思えた。あんなに憎んだのに」

お紋はあっけにとられた。この女はよほど単純なのか、それとも……。

「親子とは、そんなものなのか」

「そんなものだ」

それならそれでいいが、納得がいかないのは――。

「許したというなら、そのまま太閤の娘として城で暮らせばいい。どうして逃げた」

「もともとの恨みはとりあえず収まったが、別のことで許せなかった。第一、あんな窮屈なところで暮らせるか。あの糞親父《くそおやじ》の都合でどこぞへ嫁にいくのもごめんだ。嫁げば子ができる……太閤の孫ともなれば、面倒なことになるかもしれん」

そういうことかと合点《がてん》がいった。太閤は、実の甥《おい》っ子ですらあれほどひどい形で殺したのだ。娘や孫でも安心できるものではない。まして、豊臣の世がひっくり返ればどうなるか……ずっと離れて生きてきて、太閤の娘としての恩恵にも与《あずか》っていないのだ。豊臣の一員という意識が持てない気持ちは、理解できるような気がした。

お紋は人生のどん底をなめて生きてきたが、天下の覇権を争うような家の姫君として生まれたかったかといえば、そうでもない。恵まれた環境を妬《ねた》む気持ちがあっても、本気でそのような場所に生まれ落ちたかったとは思わない。それが正直なところだ。

あの関白の妻妾《さいしょう》たちの死に様を見れば、尚更《なおさら》だった。

「ほっ、似たもの親子じゃないか。たいていの奴《やつ》らは生まれたところで、生まれた形で生きていくんだよ。なのに親父は足軽から太閤になって、その娘はお姫様を蹴《け》って偽の坊さんか」

「なるほど、そういわれれば似ているのかもしれないな」

千寿はけらけらと笑った。繊細なまどなとは似ても似つかない、いい加減で気楽な女だ。

お紋は立ち止まった。

「……ここらがよさそうだね」

籠《かご》を下ろし、包みから鉄砲を取りだした。火種や弾を確認する。

「いい銃だな」

「そうさ。あんたのにだって負けやしないよ。こいつはへそ曲がりでね、誰も使いこなせなくて、あたしの物になったんだ」

準備をすると、お紋は離れたところにある松の木に向かって一発撃ってみた。銃声が山に響き、小枝が落ちてきた。今日の相棒は調子がいい。

「十数えるよ。その間に離れて、そっちの鉄砲を用意しな。あんたの鉄砲ならその時間で充分だろ」

千寿は小首を傾げた。

「おまえに勝てば、いろいろ聞けるのか」

「そういうことさ」

「そうか。それなら殺さないように加減しないとならないな。けっこう難しいぞ」

お紋はむっとして、銃口を千寿に向けた。

「なめてんじゃないよ。いーち、にーい」

千寿は驚いて銃を持ったまま走り、木の陰に隠れた。

「いきなり数えるな。早いぞ」

「うるさい。ろーくしーち」

数えながら、お紋も反対側に走る。楯《たて》になるものが必要だった。

十を数えると、ほぼ同時にお紋は一発喰《く》らわせた。

鳥の群れが羽音をたてて空へ逃げていく。惜しくも外したようだが、向こうはまだ完全には構えていなかったので、いい牽制《けんせい》になっただろう。すぐに次の弾をこめる。

双方、木々の中を走った。相手の背後をとりたいのだ。迂闊《うかつ》に撃てば、すぐに来る。火縄銃は急いでも次に撃てるようにするまで手間がかかる。そのたびごとに、数を二十数えるくらいの時間は必要だった。おそらく向こうも同じだろう。銃口から弾をこめる作業は変わらないはずだ。晴天でありさえすれば、鉄砲の機能にそれほどの差はないはず。

（一発撃てば、向こうの番……その繰り返しになるかも）

狩るばかりで撃ち合ったことがないので、正直お紋もどうなるのかよくわからない。長期戦に持ち込まれたら、こちらが不利だ。なにしろあの女は化け物めいた体力を持っている――そんなことを考えながら、お紋は耳を済ました。相手の動きを読むためだ。

鼻の頭がひりっと痛かった。引き金を引くと火花が散る。頰《ほお》に当てて撃つため、火の粉が顔に飛ぶことは当たり前だ。その痕のせいで、そばかすがあるように見られてしまう。

（……あの女の肌は、綺麗なままだったな）

どんなふうに撃っていたのか。助けられたものの、撃った瞬間は見ていない。銃身はかなり短かった。あの女の強さなら片手撃ちも可能だろう。しかし、命中の精度は下がる。

お紋は火皿に火薬を盛った。戦での鉄砲隊は、ほぼ固定した位置で撃ち続けるが、狩りでそんな悠長なことはできない。移動しながら射撃までの一連の動作ができるようになっていた。耳を澄まし、ゆっくり進む。

がくん、と身体が沈んだ。木の根に足をひっかけてしまったのだ。膝をついた瞬間、銃声が響いた。頭の上を銃弾が通過したのだ。

お紋は急いで立ち上がると、身体を反転させ、火蓋《ひぶた》を切って引き金を引いた。千寿が素早く草っぱらに飛びのく。

(転ばなかったら当たっていた……!)

唇を噛《か》み、お紋は木の陰に身を隠した。

「避《よ》けてくれて助かったぞ。うっかり仕留めるところだった」

笑いまじりの千寿の声。本当に腹の立つ女だ。転んだのを知っていて言う。

「余裕かましてな。その顔に風穴開けてやるよ」


どうやらずいぶん、お紋に恨まれているらしい。

以前に殴ったのが原因じゃないのなら、なんだろう。見当もつかない。

幹にもたれ、弾をこめる……。

思った以上に、お紋はいい腕をしている。動きもいい。それにしても妙な娘だ。千寿を殺したければ機会はいくらでもあったはずだ。だがそれをせず、撃ち合いを望んだ。かくいう千寿も、こうなる前に相手を締め上げて白状させるという選択をしなかった。

たぶん、この娘と鉄砲で存分にやり合ってみたかったのだ。そのためには、同じ条件でなければならない。射撃間隔が短いという〈でうす〉の性能はあえて封印する。

「このあたりに住んでいるのか、おまえは」

声をあげてみた。場所を教えることになるのはわかっているが、相手が強いと思うと、つい知りたくなる。……悪い癖だ。これでうっかり平六《へいろく》とも懇《ねんご》ろになってしまった。

「ああ、そうさ。この山のどこかで火薬と焙烙玉《ほうろくだま》を作ってるんだよ」

答えが返ってきた。お紋から火薬の臭《にお》いがしたのはそのせいだったのか。

「なんでこんなことを教えたか、わかるかい。この秘密を知られたからには、そいつは殺さなきゃならない。村の掟《おきて》だ。おまえを殺す理由をもう一つ作るためさ」

つまり違法なことと関《かか》わりがあるということだ。そして、殺す理由を増やさなければいけない程度には、この娘にも躊躇《ためら》いがあるということだろう。

「そうか、だったら聞いたことはないか。切支丹の寺かなにかにいるらしい、まどなと呼ばれる南蛮人の女のことを」

一瞬あって、何かを落としたような音がした。

「切支丹に慕われているらしいんだ。わたしの母も南蛮人だった。ちょっとだけ会ってみたいと思っていたんだが――」

お紋がいきなり撃ってきた。千寿はさすがに慌てた。草の間に転がり、うつぶせになった状態でこちらも一発返す。つんざくような銃声が木霊する。

「人の話は最後まで聞け！」

怒鳴りながら、千寿は走った。手は次の一発を撃つための動作に入っている。

「必ず殺す！」

今まで以上に力強く宣言された。何か気に障るようなことを言っただろうか。よくわからないが、こちらも本気で戦わざるをえない。

（……気むずかしい娘だ）

止めるには手足を狙うしかないが、撃てば今までどおりには動けないような怪我を負わせることになるだろう。

どうしたものか、千寿は考え込んだ。


（忌々《いまいま》しい！）

絶対に息の根を止めてやる。

噂が届いていたとは。確かにあの周辺の切支丹なら、まどなを知らない者はいない。

だが、尼寺で育ち、今も雲水姿でいるくらいだ。千寿は切支丹ではないだろう。

るちや――当時まだ祖国への思いが残っていたまどなが、娘につけた名だ。

あの女は、生まれたときから二つの名前を持っている。

まどなは呼んでいた。魂の奥底から本当の〈るちや〉を呼んでいたから、あの女はここまでやって来たのだ。

（……冗談じゃない）

ここで殺さなければ、あいつはすぐにまどなにたどり着いてしまう。

いっそすぐに殺してしまえばよかった。勝負したいなどと、柄にもないことを考えた自分が馬鹿《ばか》だったのだ。

こちらはすでに八発。向こうも七発は撃っている。弾はまだ充分にあるが、そろそろ仕留めないとお紋の身体がもたない。銃撃戦とはこれほどまでに神経と体力をすり減らすものだったのか。正直、怖かった。

一方的に人を狩っていた自分は、相当に罪深い。仏の道でも偽切支丹としても、間違いなく地獄行きだ――改めてそう思う。

千寿は片手撃ちもしてみせた。片手でどうしてあれほど正確に撃てるのか。銃弾はお紋の袖《そで》をかすめ、着物に穴を開けた。

これでわざと死なない程度に外しているとすれば、すごい腕だ。しかも山を熟知している。風や太陽の動きまで読んでいるのではないか。

片手であれだけ撃てれば、なるほど顔に火花が散ることはないのだろう。

「痛い……」

堅く結んだわらじの紐《ひも》が、足に食い込んでいた。紐が少し血に染まっていた。これでは思いきり走るのは難しくなってきた。

(まどな……あたしじゃ駄目なの？　あいつじゃなきゃ駄目なの？)

負けるものか。鉄砲でも勝てないなんて厭だ。

まどなに会わせたくない。負けたくない。お紋は足を引きずるようにして走った。次で殺す、今はその一念だけだ。

この女が、大野木の手に落ちれば……。

(この国は、もうおしまいだ)

お紋が千寿を消し去りたいと思うのは、感情論だけではなかった。

大野木を殺せばいい――そうも思うが、あいつが死ねば火の村は立ちゆかなくなる。

しかも、まどなは南蛮人で身体が弱い。どうしても物と心、両面で支える人間が必要だ。大野木がいなくなれば、次は太閤か。そうなれば卑賤《ひせん》の身である自分は、もうまどなのそばにいることができなくなる。たぶん。

まどなと村のことがある限り、大野木を消すのは躊躇われる。

とりあえず気持ちを落ち着け、五感を集中させる。人が歩けばどんなに注意深くしても必ず音はする。地が揺れる。風が動く。

がさっと葉がこすれる音がした。銃口を向け、ゆっくり近づく。鼠《ねずみ》などの小さな獣かもしれない。すぐに撃つような迂闊なことはしない。なにしろ次を撃つには手間がかかる。

（続けざまに撃てるならどんなにか……）

そのとき、その方向で明らかな動きがあった。枝が大きく揺れ、影が走る。お紋は一瞬も躊躇うことなく引き金を引いた。

（やった……！）

手応《てごた》えがあった。草や樹木に隠れて見えないが、重いものが倒れる音がした。お紋は喉《のど》を鳴らすと、前方へ近づいていった。

殺した……まどなの娘を。

勝ったのだ。どうして胸が重い。向こうも承知の上だったじゃないか。あたしは悪くない。でも、まどなを騙せるだろうか。心は千々に乱れた。それでも覚悟を決めて、ざっと両手で背の高い草を搔《か》き分《わ》けた。

「なっ」

お紋は喫驚《びっくり》した。そこにあったのは千寿の亡骸《なきがら》ではなかった。

猪《いのしし》だ……猪だったのだ。

驚きと安堵《あんど》で、お紋はその場にがっくり膝をついた。

「フィナル」

後ろから千寿の声がした。後頭部に銃口が触れたのがわかった。お紋も少しだけ、まどなから南蛮の言葉を習っていた。だから知っている。フィナル……〈終わり〉だ。

「勝負はついた。鉄砲を置け」

いとも容易《たやす》く背後をとられた。屈辱で唇が震えた。

（……負けた）

お紋は鉄砲を捨てた。

3

一発、お紋ではなく猪を狙った。

人間と違い、猪は猛進してくる。うまく殺さずに当てることができた。あとは軽く気を失わせてその場を離れる。傷を負っていても、気がつけば猪はまた走りだす。お紋がそこに気をとられればこちらのものだ。ごく簡単な罠《わな》だった。

千寿からその説明を聞くと、お紋は地団駄を踏んで悔しがった。

「ああ、あったまくる！　ちくしょお」

本当に足をバタバタさせる奴を千寿は初めて見た。気の強い子どもの仕草でも見ているようで、なかなか楽しい。

「まあ、そう怒るな」

「おまえに怒ってるんじゃないんだよ。あたしは自分に腹が立つんだ。あんな馬鹿みたいな罠にひっかかって……あんな、あんな卑怯《ひきょう》な罠なんかに」

充分、怒りをこちらにぶつけてきているような気がする。

苦笑しながら千寿は焚《た》き火《び》に枝をくべた。日暮れまでに里へ下りることができず、野宿するはめになったのだ。鍋《なべ》でもあればさっきの猪を煮込みたいところだが、生憎《あいにく》なんの道具も持ってきていなかった。やっと見つけた茸《きのこ》を枝に刺し、焼いて食べるくらいだ。

山の夜は異界そのものだ。焚き火の周りをうっそりと分厚い闇《やみ》が覆っている。狼《おおかみ》だろうか、遠くで獣の咆哮《ほうこう》が響いた。

「きっと太閤も、ああいう小狡《こずる》いことばかりやって成り上がったんだ。おまえとそっくりだ。なんでこんな奴と関わり合いにならなきゃなんないんだよ、腹たつ」

「ん？　どちらかといえば、強引に関わってきたのはおぬしのほうだぞ」

炎の向こう側に、むくれた顔が見えた。

「好きで関わったわけじゃないさ。おまえをぶっ殺すためだ」

「ならばそろそろ、何故《なぜ》殺そうと思ったかを聞かせてもらおうか」

お紋はぷいと顔をそむけた。この期《ご》に及んで決心がついていないのか、それともよほど言いにくいことなのか。

「大野木双悦はおまえを捕まえようとしている。あいつに捕まってもらっちゃ困るから」

「あれがろくな奴じゃないのはわかるが、それでどうしておぬしが困る？」

「……あいつは、おまえを使って豊臣を乗っ取ろうとしてるのさ。のこのこ山奥から出てきやがって。黙ってそこにいればいいものを」

千寿は首を傾げた。

「わたしは女だ。豊臣の跡継ぎの問題には関係なかろう」

「なにせ太閤には、ちっこいのが一人いるだけだからね。もし、その子どもが消えればどうなるかってことだよ。娘に婿をとらせて跡を継がせるってのが妥当だろ。しかもその娘は混血だ。そこに南蛮の王様の身内でも婿にしたらどうなる。こぞって南蛮の支援が入るだろ。征服するために一番いいやり方だってさ。豊臣の跡取りがおまえなら、汚い貿易で稼いでる大野木は万々歳だろうよ」

まさかそんな悪巧みがあろうとは。千寿は唖然《あぜん》とする。

つまり大野木は、太閤の嫡男である拾丸《ひろいまる》を亡き者とし、千寿をこの国の玉座につかせようというのか。その上で黒幕となり実権を握る——荒唐無稽《こうとうむけい》な考えにしか思えないが。

「大野木とやらは、なぜわたしが自分の思いどおりに動くと思っているのだ？　太閤を憎いと思ったことはあるが、豊臣をほしいと思ったことなどないぞ。まして異国に国を売るような真似《まね》をするなどありえない」

お紋はしばらく答えなかった。やがて諦めたように口を開く。

「……人質がいるからだ。大野木双悦は、まどなを手中に入れているんだよ。おまえが捕まれば、まどなも言うことを聞かなきゃならなくなるし、おまえもまどなを守るために言いなりになるだろうさ」

千寿は目を見開いた。お紋の言っている意味がわからなかった。会ってみたいとは思っていたが、まどなという女とは面識もない。

「何を言っている？」

鈍い女だね、と吐き捨て、お紋は苛立《いらだ》ちをみせた。

「あたしには、もう一つの名前がある。洗礼名でね。主の教えとかそんなもんはどうでもいいんだけど、まどなが死んだ娘の名を受け取ってほしいと言うから、洗礼を受けたのさ。あたしは名前をもらって、まどなの娘になりたかった……その名は〈るちや〉」

何を言っている？　もう一度、そう問い質したかった。だが、言葉が出ない。ようやく口をついて出たのは否定だった。

「わたしの母は死んだ。もう十年も前に――」

お紋は腹立たしげに声を荒らげた。

「ああ、知ってるさ！　根来との戦の巻き添えで尼寺が焼けたんだろ。そこでかろうじて一命を取り留めたまどなは、おまえが死んでしまったと思った。おまえのほうも母親は死んだと思った。それだけのことさ」

「母上が……？」

千寿は困惑していた。いきなりそんなことを言われても、にわかには信じられない。十年間死んだものと思ってきたのだ。焼け落ちる寺をこの目で見ている。だが、敷地《しきち》も広い大きな寺だった。母と別れたあと炎と煙で方向もわからなくなっていた。あのときは混乱を極めていたのだ。母の亡骸を確認したわけでもない。

「おまえが死ねば、まどなは大野木の自由にならずにすむ。おまえがいなければ、あたしだけが〈るちや〉だ。なんで今更現れるんだよ……こんちくしょう」

お紋は俯《うつむ》いて、膝を叩いた。その拳の上に涙が落ちている。

この様子だけ見ていても、お紋の言葉に嘘《うそ》はないということがわかる。そして、今まで納得できなかった諸々《もろもろ》の辻褄《つじつま》が合ってくる。

「そうか……母上は生きておられるのか」

嬉《うれ》しいことであるのは間違いないが、あまりに唐突すぎてピンとこない。やはりこの目とこの腕で確かめなければ……。

「お元気なのか」

「……よくないさ。最近は満足に立ち上がることもできない。おまえのことが心労になっているからだ。疫病神め」

お紋は拳で涙を拭《ぬぐ》った。濡《ぬ》れた瞳で睨みつけてくる。

「疫病神でもなんでもいい。明日、会いに行く。おぬしが案内してくれるか？」

「知るか、って言いたいところだけど、おまえが余計なことばらさないように見張ってやる。精霊洞の中には、大野木の手下もいる。あたしが一緒なら会うことはできるけど、連れ出すのは無理だよ。動ける身体じゃないしね……」

「そうか、すまんな。だが心配しなくとも言いつけたりはしないぞ。おまえがわたしを殺そうとしたなどと聞けば、余計に母の身体に障る」

恩に着せようとしたわけではないが、そう受け取ったらしくお紋が睨んでくる。

「その言い方がむかつく」

「るちやが二人か……面白いな。おまえは母上にとって娘同様なのだろう。母を守ろうとしてくれて、感謝している。ありがとう」

殺そうとした相手に礼を言われ、お紋は困ったように唇を尖《とが》らせた。

「……おかしな女だ。やっぱり腹が立つ」

山の中で鉄砲の撃ち合いをしているような女が二人。まともじゃないのは、それこそお互い様だと千寿は思う。

「母は酢の物が好きだった。今でもそうか？」

「ああ。まどなは食が細いが、酸っぱいものは好きだ」

「桜が好きだった。でも、梅のほうがもっと好きだった。今もか？」

「そういえば梅の香りが好きだと言っていたな」

「星空が好きで、特に冬の星がいいと。今もか？」

続けざまに訊《たず》ねてこられて、お紋は唇をひん曲げた。

「それは知らないね。なんだよ、もう。うっさいね」

「会いたいのだ、早く……少しでも早く」

身体の具合が悪いというのなら、尚更気が急《せ》く。

「ふん……明日連れていくと言ってるだろ。疲れたから、寝るよ。邪魔すんじゃないよ」

お紋はこちらに背を向け、ごろりと横になった。

こいつといると調子が狂う、そう思っているようだったが千寿には通じない。母のことを話したくて仕方なかった。

「よろしく頼む。ところで母上は昔から美しかった。今も綺麗か」

うるさあぁぁぁあい――お紋の声が山に木霊した。


夜明けとともに、千寿はお紋と一緒に山を下りた。

この間、歩きながら多くの話を聞いた。母の髪は火傷の苦痛と娘を失った悲しみから か、銀髪のようになっているということ。それでも変わらず美しいこと。

（あのとき、わたしは子どもだった。母上はわたしを見て気づいてくれるだろうか）

母の背丈も超えているだろう。可愛《かわい》らしい笑顔は作れそうにない。それでも娘だと思ってくれるだろうか。お紋に負けているかも——そう思ったとき、なるほどお紋に憎まれた理由がなんとなくわかった。

「おぬしが母上を本当の母のように思ってくれているなら、わたしのことも姉と思ってくれていいぞ。ほら遠慮せず姉ちゃんと呼んでみろ」

好意で言ったのだが、鬼のような形相《ぎょうそう》で銃口を向けられた。

「撃つ」

火もついていないので、とりあえず撃たれることはない。

「妹のように思っていると言ったら、晴姫《はるひめ》は喜んでくれたぞ。おまえは違うのだな」

「晴姫？　知るかそんな女。それよりおまえは誰にでもそうやって、妹だのと言ってんのか。なんていい加減な女や。女とみれば口説く馬鹿男と同じじゃないか」

また大袈裟《おおげさ》なことを言う。

「おぬしと晴姫にしか言ってない。女房や亭主は一人が普通だが、妹は別に何人いてもいいのではないか。お紋とは同じ〈母〉を持つ。同じ〈名〉も持つ。他人とは思えん」

お紋がいたから、母が生きていると知ることができた。殺されかかったのも、駆けっこでもしているみたいで面白かった。千寿のほうに遺恨はない。

「ふん……太閤の娘のくせに」

「そうだ。おかげでこんな面倒なことになっている」

あれだけ妻妾がいてもほとんど子ができなかったのに、よく母を孕《はら》ませられたものだと妙に感心する。

「おまえなら、関白の妻妾の処刑を止められたんじゃなかったのかい。処刑に腹立ててたから、あたしをぶん殴ったんだろ」

「そのために城へ行った。助けたかった。だが駄目だった……頭に血がのぼって罵倒《ばとう》して飛び出してきた。娘を可愛いとは思ってくれたようだがな。さすがに一筋縄ではいかん」

駒姫《こまひめ》のことを思い出すのはつらい。

「城で大立ち回りしたってのは、そういうことか。とんでもない姫様もいたもんだな」

お紋が呆《あき》れたように言った。

「不思議なのだが……母上を守ろうと思うなら、わたしを殺すより大野木をどうにかしたほうがよくはないか」

「村のことがあるからね。あいつらは大野木に依存しちまってる……そのほうが楽だから、都合の悪いことは見やしない。馬鹿なのさ」

お紋の生い立ちから火の村との関連まで一通り聞いた。大野木はたいした悪党らしい。

「太閤のお姫様にお願いだよ……大野木のことを、その糞親父に言わないでおくれ。あいつが捕まれば、村も一緒に罰を受ける。関白の女たちと同じ目に遭う。そりゃあ厭な村だけど……それだけは」

大野木の悪事が露見すれば、その村や精霊洞に通う信者にまで累が及ぶ、ということらしい。

「下手をすれば、まどなだって……」

かつての愛妾とはいえ、豊臣に仇《あだ》なす大野木の庇護下にあったとなれば、共犯を疑われても仕方がない。淀《よど》殿が産んだ嫡男に嫉妬《しっと》して――そんな筋書きをたてられたら、ただでは済まない。母もお紋も大野木一味ということになりかねない。これは面倒なことだ。

「わたしが言わずとも、いずれは露見する。安定した土地を離れるのはつらいだろうが、逃げるしかないのではないか」

「……わかってるさ。でも、村の連中は役人が押しかけてこない限り、動かないよ。あいつら本当にどうしようもない阿呆《あほう》なんや」

お紋は爪《つめ》を噛んだ。

「村の者が大事なんだな」

「冗談じゃない、誰があんな村」

そんなことを話しながら歩き続け、精霊洞の近くまでやってきた。

精霊堂だと思っていた千寿は、洞窟《どうくつ》を見て驚いた。こんなところで母が何年も暮らしていたのかと思うと、不憫でならない。母は外にいて花や空を見るのがなにより好きだった。これではまるで世捨て人か隠者だ。

（……こんなに秋晴れなのに）

精霊洞の上には、真っ青な空が広がっていた。

「待ちな」

中へ入ろうとしてお紋に止められた。

「廉次《れんじ》だ。あいつは大野木の手下だよ」

痩《や》せた小男が近づいてきた。殴られたのか、顔に痣《あざ》がある。

「そういえば、座敷牢《ざしきろう》で見かけたな」

「顔を知られているんなら慎重にいかないとね。あいつが帰るまで、ここで待ってなよ。あたしはちょっと様子を見てくる」

お紋が小走りで洞へ消えた。廉次もそのあとに続き、中へ入っていく。

ここまで来て、待たなければならないのはつらい。じっと待っていることもできず、千寿は精霊洞の上へ向かって歩いた。山の向こうには海があった。

幼いときは尼寺からほとんど出ることもできず、母を亡くしてからは山育ちだ。こんなにまともに海を見たのは初めてだった。

向こうに見えるのは淡路島《あわじしま》だろうか。ここは海側から見ると崖なのだろう。変わったところに教会《イグレシア》を造ったものだ。

患っているという母は、この海を一度でも眺めたことがあるのか。

ふと、岩盤に穴があるのに気づく。どうやらこれは、洞窟内の換気か明かり採りのために空けたものらしい。何か聞こえるだろうかと、千寿は耳をそばだてた。

「旦那《だんな》様から、お渡しするようにと。お召し物と薬です」

これは廉次の声だろう。お紋が訊ねる。

「南蛮の着物かい。なんでこんなもの」

「お似合いだろうと、旦那様が」

「豪華な着物《ベスティード》ですね……病人には、必要ありません……」

か細い女の声がして、千寿は震えた。これは母の声だ。本当に生きていたのだ。

（まぁま……）

胸が熱くなる。

「母娘揃《そろ》って着ていただきたいとのことです」

「千寿を……捕まえたのですか」

「あ。いやそれは、わいにはわかりませんが」

廉次は曖昧《あいまい》に答えている。苦労して捕まえたものの逃がしてしまった、などとは言えないのだろう。

「帰りな、廉次。旦那様の尻《しり》に火がついている頃かもしれないよ」

お紋が辛辣《しんらつ》に追い払う。

まもなく廉次がそそくさと精霊洞から出てきた。千寿は洞の上から駆け下りると、驚く廉次を後ろから押さえつけた。腕をねじり上げ、首に腕を回して押さえ込む。

「その顔はもしかして、千寿姫を逃したせいで、旦那から折檻《せっかん》されたのか」

あの夜の見張りは廉次ではなかったが、責任者という位置づけだったのだろう。だが、大野木は痛めつけるより即座に始末しそうな男に見えた。手を出したのは、一緒にいた小《お》倉《ぐら》という男のほうかもしれない。

「あんた……姫か」

「教えてもらおう。大野木の計画はどこまで進んでいる？　太閤の嫡男を殺すつもりなんだろう。方法はあるのか」

あの幼い男の子は千寿の弟だ。守ってやりたい。

「答えると思っているのか」

「ここで洗いざらい答えたら、おまえの存在は口にしない。……なあ、わたしは豊臣の姫だぞ。わたしが太閤に、涙ながらに大野木の悪事を語らないとなぜ思う？」

「しかし、母親を」

母と娘の愛情をそこまで信じてくれるらしい。生き別れたいきさつやこちらの生い立ちを知っているからなのだろうが、悪党としてはいささか甘くはないか。

千寿は低い、恐ろしげな声で囁《ささや》く。

「母より豊臣を選ばないとなぜ言える。わたしがそんなにお人好《ひとよ》しに見えるとはな。損得勘定くらいはできるぞ。そうすれば大野木もその一味も、一族郎党すべて死罪だ。それも最も残酷な方法での処刑だろう。このままだとおまえもだ。鋸挽《のこぎりび》きか、あるいは――」

廉次の身体が震え始めた。

「言……う。言うから許してくれ。旦那様はすでに伏見《ふしみ》城に配下を送ってある。事故か病死に見せかけて拾丸を殺すようにと、あんたが捕まってすぐ命令を出した。下働きだから簡単にはそんな機会は巡ってこないとは思うが……これくらいしか知らない。本当だ」

太閤は奥に籠《こ》もり、滅多に城の中でも動かない様子だが、あの子どもは違う。じっとしていられない年頃だ。隙《すき》をみてはちょろちょろと動き回るだろう。

「送り込まれたのは手練《てだ》れかい。まさか……仁吉《じんきち》？」

「あ、ああ。奴は金が要るし、豊臣に恨みがある」

仁吉――あの男、こんな危ない仕事まで受けたのか。奴はおそらく暗殺者としても優秀だろう。だが、仁吉が幼子殺しを請け負ったとは思いたくなかった。

「わたしに逃げられ、手中に納めてないのに、拾丸を殺してどうする。おまえの旦那は計画を止めないのか」

「送り込むのに苦労しているから、前後してもやるだろう。露見したときは、その場で自決する覚悟ができている。捕まれば責め苦で殺されるだけだ。その分、破格の金子《きんす》が約束されている」

「覚悟といっても、いざとなれば死ねないのが人の性《さが》だと思うが……しかし思いきった大《おお》博打《ばくち》に出る男だな」

今でも充分儲《もう》けているだろうに。天下を獲《と》るには賭けが必要だということか。

「わからねえ……旦那様は、太閤に勝ちたいと言っていた」

後ろ暗い取引に手を染めた悪党が、今更天下を狙う。

手下でなくとも不思議には思う。日陰の花は日陰でしか咲けないだろうに。

「おおかた、ここの魔女とやらに魅入られたのだろうよ」

表情の乏しい男がわずかに嘲笑《ちょうしょう》をみせた。

「生きて年を越したいと思うなら、大野木から遠く離れて二度と近づかないことだ。魔女の娘は二度目の忠告はしない」

そう言って放してやると、廉次は一目散に駆けていった。大野木と千寿、両方から逃げるために摂津《せっつ》、山城《やましろ》からは出ていくだろう。もともと、雇い主にたいした忠義もなさそうだ。

お紋も洞窟から出てきた。千寿に駆け寄るなり、耳打ちする。

「まどなは眠ってしまったよ。どうする、中は暗いけど顔だけでも見るかい」

千寿は首を横に振った。

「切支丹の教会《イグレシア》に雲水を連れていったら、おぬしが中の者に怪訝に思われる」

「いいのかい、会いたいんやろ」

頬が緩む。昨日、殺し合いをしたのが嘘のようにお紋が可愛く思えた。

「急に親切になったな」

褒めると気に障るらしく、むっつりと睨みつけてきた。

「むかつくけど……負けは負けや」

さっぱりと潔い。

「おまえのこと、カラスコに頼んだと言ってたよ。この国から出してやってくれって」

「からすこ？」

「宣教師さ。珍しくけっこう信用できる南蛮人なんよ。河童《かっぱ》みたいな頭した男。そのうち呂宋に向けて出航するとかで……おまえがここにいたら、この先いろいろなことに巻き込まれるだろうからってさ。出ていってくれるならもう殺す必要もないし、こっちもせいせいするわ」

意地悪そうな顔で、ニッと笑った。

「母上が気を遣ってくれるのはありがたい。だが……」

「だが、なんや」

千寿は伏見城がある方角に目をやった。

「まずは、やらねばならないことがある」

第八章　豊臣の血

1

「巣口から火薬を少し入れ、弾を一個入れる。棒で火薬と弾を奥へ押しこむ。火蓋《ひぶた》を開き、火皿の上にも火薬を少し。火蓋を閉じてから点火させる。火縄に火を吹きおこし、火ばさみで挟む。ここまでで準備完了。あとは鉄砲を構え、火蓋を開いて引き金を引く」

カチャ。

もちろん、弾は出ない。晴姫《はるひめ》はため息をついた。

（ひどいです、千寿《せんじゅ》様）

黙っていなくなっちゃうなんて。鉄砲を教えてくれると言ったじゃないですか。

確かに千寿の仕事はもう終わった。これ以上は甘えだとわかっている。

仇討《あだう》ちもやめたということだし、千寿のことは心配しなくていいのだ。自分は名を変えて出羽《でわ》に帰り、ひっそりと暮らすことになる。

父・熊谷八郎成匡《くまがいはちろうなりまさ》は、この機会にと挨拶回《あいさつまわ》りをしていた。北国の山奥から上洛《じょうらく》するのはそうそうできることではない。

雪が降る前に戻れるよう、あと数日で京を発《た》つ。嫁にいき損なって戻ってくる娘を、母たちはどんな気持ちで迎えるのだろうか。

死んだ兄や駒姫《こまひめ》たちのことを想《おも》う。

できることなら太閤《たいこう》を討ちたい。ずっとそう思っていた。無理だとわかっていても、仇《かたき》をとりたかった。見たこともない男に、これほど憎しみを持てるものなのだと知った。誰かを憎んでいると、自分が自分でなくなるようでつらい。

出羽に帰れば、もとの無邪気な娘に戻れるだろうか。……たぶんそれは無理だ。この世の不条理をあそこまで見せつけられて、どうして子どもに戻れるものか。

「姫、お館《やかた》様が戻られました」

謙吾《けんご》の声がした。

すぐ父を迎える。お茶ではなく酒にしてくれと言われ、支度をした。大名などへの挨拶は気を遣うのだろう、疲れた顔をしている。傷を負っても家族が死んでも、泣き言を漏らす暇もない。こうして家のために働かなければならない。一国の主《あるじ》とはかくも過酷なものなのだ。自分は父を支えられるだろうか。

「お疲れでしょう」

酌をし、晴姫は父をねぎらった。

「なに、たいしたことはない。それより晴」

「はい？」

成匡は訊《き》いていいものかどうか一旦《いったん》思案したらしく、間をおいた。

「千寿殿の父親のことを聞いていないか」

「鉄砲鍛冶《かじ》の、津田《つだ》小三郎《こさぶろう》という方のことですか？」

晴姫はきょとんとして問い返す。

「いや、そうではない。養い親ではなく、実の父親のことだ」

「さあ。聞いたこともございません。お母様が南蛮人ということくらいしか」

成匡はふむと唸《うな》った。

「そうか、やはり母親が南蛮人であったのか……とすれば」

「どうなさいましたか。千寿様が何か？」

「うむ……伊達《だて》殿の屋敷《やしき》で小耳に挟んだのだ。太閤がかつての南蛮人の側妾《そくしょう》に産ませた娘が、伏見《ふしみ》城に現れたと。姫は赤い髪をしていたらしい」

「まさか。それはいつのことですか」

晴姫は目を丸くした。成匡は言葉を続けた。

「関白一族の処刑があった日の朝だそうだ。詳しいことはよくわからないが、姫はその日のうちに姿を消したのだとか。太閤も懸命に捜しているようだ」

「あの日……」

千寿はあの日、処刑が終わった夕方になって現れた。前夜、駒姫を救いたい一心で動いた晴姫を止めるため、千寿は犠牲になった。逃げ出して、ようやく駆けつけたのだと思っていたが……もっと深い事情があったのか。

「千寿殿が、太閤の姫君ということですか」

謙吾も呆然《ぼうぜん》とした面持ちであった。

「そういうことになろう。他《ほか》にここまで一致する娘がいるとは考えにくい。あの者、常人ではなかった……今思えば」

成臣の返答に一同が肯《うなず》く。

「千寿殿の言動を見聞きするにつけ、よもや晴が生きているなどと、誰かに漏らすことはないかと思う。しかし、これ以上は関《かか》わらないほうがいいのだろう。そのために千寿殿は、別れも告げずに去ったのだ。晴もこの旨、固く心するよう」

晴姫は俯《うつむ》いたまま応《こた》えなかった。急なことで考えが追いつかない。

「他にも……妙なことを聞いた。関白殿が切腹に追い込まれたのには、なにやらよからぬ噂《うわさ》があったからだと。その噂というのが、どうにも根も葉もないようなことらしく、関白殿は何者かにはめられたのではないかと」

その場にいた皆が息を呑《の》んだ。

「関白殿が街に出て殺生《せっしょう》に及んだという風評だが、それも怪しい。女に溺《おぼ》れていたからというのもおかしな話だ。側室が多いのは天下人としての甲斐性《かいしょう》ともいえる。太閤殿も、織田信長《おだのぶなが》公も、かなりの数の側室がいたのだ。下手に女嫌いになられていたら、そのほうがよほど厄介だ。いろいろと聞いたところでは、政《まつりごと》も無難にこなしていたように思える」

「謀反の噂はいかがですか」

家臣の一人に訊《たず》ねられ、成匡は首を横に振る。

「いや、性格穏やかにして、謀反を企《たくら》むほど野心があったとは考えにくい。謀反など起こしたところで、自分につく者がいないこともわかっていただろう。だが、一代でのぼり詰めた太閤からすれば見劣りはするかもしれないが、二代目としてはまずまずといえるお方だったようだ。つまり……故意に悪評を流されたとしか思えん。そして側近らから伝わるその評判に、太閤が乗ったとしか」

必ずしも相性がいいと言えない叔父と甥《おい》。そこに諦《あきら》めていた男児が再び生まれる。すくすくと育つ我が子を見て、太閤にも葛藤《かっとう》があっただろう。

そんなとき、耳に入った関白の悪評はむしろ誘惑だったのではないか——成匡はそう考えているようだった。

「なんと……」

「これはまた」

成匡に同行してきた重臣らが驚きの声をあげる。

「京には陰謀が渦巻いている。だが、それはどこも同じだ。なるべく早く戻りたい」

国許《くにもと》が心配になったのだろう。これ以上留守にはできないと、やりきれない気持ちを押し殺して成匡は酒を呷《あお》った。


その夜、晴姫は庭にいて星空を見上げていた。

(千寿様が……)

父の話は十五の娘を大いに戸惑わせた。

自分は太閤への恨みに苦しんでいる。千寿が一言もなく消えたのはそのせいだったのかもしれない。憎悪の感情はきっと千寿にも伝わっていたのだ。

「夜風は毒にござります」

謙吾の声がしたが、晴姫は振り返らなかった。

「見張りなの？　勝手にどこかへ行ったりはしません」

会いたくとも、千寿の所在はわからない。

「……千寿殿は、姫に知られたくなかったのだろうと思います」

晴姫は振り返り、キッと謙吾を睨《にら》んだ。

「確かに太閤は憎い……だからって千寿様にどうこうなんてあるわけがない。そこまで愚かではありません」

千寿は実の父親のことはまったく話さなかった。家族といえば母と養父のことだけだった。実の父にいい感情を持っていなかったのではないか。

「千寿殿は仇《かたき》を討ちたくて、京へ向かっていた……もしかしたらその仇とは、太閤だったのではないでしょうか」

謙吾が驚くべきことを言った。

「……まさか」

「養父は侍で鉄砲鍛冶。根来《ね》衆《ごろしゅう》だったと言っていたように思います。ちょうど今より十年前、彼らは豊臣《とよとみ》の大軍に滅ぼされました。そのとき母を失い、養父と出会ったのであれば、千寿殿にとって実の父親こそが、母を死に追いやった仇ということになります」

そう考えれば千寿の言動や、立ち居振る舞いに合点もいく。

「実の父親なればこそ、信じたい気持ちもあったのですね。だから会って確かめたいとも思っていた。そうなの……千寿様?」

しかし京はあの騒ぎ。千寿にもどうしていいのかという葛藤《かっとう》があったのだろう。

「姫が駒姫様を助けようと、あそこまでしたことが千寿殿に決断させたのです。処刑を止めるために、千寿殿は伏見城へ赴いたのではないかと思います。仇と思い続けた男に頭を下げてでも、助けてほしいと言ったのかもしれません。だが、太閤はその願いを叶《かな》えてはくれなかった」

あの日の朝、太閤に会いに行ったというなら、それしか考えられない。千寿は精一杯のことをしてくれたのだ。

「貸しばかり作って、いなくなっちゃうなんてずるい。わたしだって……わたしだって」

そうはつぶやいたものの、千寿のために自分にできることなど、何があっただろう。豊臣の問題は、晴姫には大きすぎた。

「姫……」

涙ぐむ主君の姫君をつい抱きしめそうになり、謙吾は必死に堪《こら》える。そんな謙吾の努力に晴姫は気づかない。

「まどろっこしい男だな」

頭上から呆《あき》れたような声がして、晴姫と謙吾は驚いて顔を上げた。

屋根の上に虚無僧《こむそう》が座っている。

「急がないと雪になるぞ、まだ帰らないのか」

そう言って笠《かさ》をとった。中から総髪の若い男の顔が出てきた。

「おまえは――黒脛巾組《くろはばきぐみ》の」

「幻刃《まぼろは》という。まあ、親がつけた名ではないが」

にやけた空気を滲《にじ》ませ答える。こんな調子で青い男女を高みの見物していたらしい。

「やはり、千寿はいないようだな」

「こっちが訊きたいくらいです！」

晴姫は潤んだ目で幻刃を睨みつけた。

「千寿様のこと、何かご存じありませんか」

「あれは、おまえたちを巻き込みたくないから姿を消したのだろう。ならば黙って出羽に帰ることだ」

晴姫は喰《く》ってかかった。

「厭《いや》です。もし千寿様が危機にあるというなら、わたしが助けます」

「なぜそこまでこだわる。たまたま道中で会って、雇っただけじゃないのか」

「出会いはなんだっていい……ただ、わたしはもう泣きたくありません」

引き結んだ唇を震わせて言い返すひたむきさに、幻刃も考えさせられるところがあったのだろう、困ったようにぼりぼりと頭を掻《か》いた。

「あんながさつな女にそこまで惹《ひ》かれるとはな……妙な小娘だ」

晴姫の反論を避けるように、幻刃は立ち上がった。

「まだ京にいるなら、何かわかったら教えてやる」

幻刃はその名のごとく、瞬時に闇《やみ》へ消えた。

2

今にも降りだしそうな雲の下に、伏見城はあった。

二度とここには戻らないと誓ったのに、まさかまた乗り込むことになるとは思わなかった。おのれの因果な性分がつくづく恨めしくなる。

それでもあの小さな異母弟を、みすみす死なせたくはない。

（もう少し割り切った性格だったはずなんだが……）

十年前に母を失ってからは、それなりに感情を抑えて生きてきた。人も所詮《しょせん》は生き物で、どうやっても死ぬときは死ぬのだ。そう思っていたのに、今はこれがどうしてなかなか、そう言い切れるものでもないと感じている。

ここ二年ほどで、千寿も多くの出会いと別れを知った。

（……特別な存在が、できたからだ）

前回は派手に入城したが、今回は控えめにいくつもりだ。

すたすたと門番のいるところまで歩いていき、案の定、止められる。

「何者だ」

「太閤の娘だ」

ここで会話が止まり、不審者を捕まえようとする男たちが出てきて騒ぎになった。応援部隊は門の中から次々に湧《わ》いてくる。仕方なく雲水姿の千寿は笠と手ぬぐいをとった。

「太閤の娘、千寿が帰ってきた。飯を所望する」

赤い髪が風に広がるや、門番をはじめとする男たちはその場に平伏《ひれふ》した。

城へ案内されると、千寿はさっそく風呂《ふろ》に入れられ、朱色に金の葉が舞う豪華な打ち掛けに着替えをさせられる。

このたびの千寿は〈でうす〉を持ってきていた。姫君の特権で湯に浸《つ》かるにも侍女たちをしばらく近づかせないようにして、用意した〈でうす〉を腰につけて打ち掛けで隠し、いつでも撃てる状態にした。大野木《おおのぎ》が送り込んだという刺客たちと渡り合うためだ。多少物騒だが他に方法がない。

身支度が済むと、ちょうどよく食事が出てきた。出たり入ったりの我儘《わがまま》な姫様のために、城の中も大変なようだ。

「太閤様は、おやすみになっていまして……」

侍女がこわごわ頭を下げる。この間の騒動を目《ま》の当たりにしたらしく、千寿を恐れていた。気性の荒い姫だと思っているのだろう。

奥御殿に部屋を与えられている正式な側室は現在十人以上。その中で子がいるのは淀殿《よどどの》だけ。たとえ姫でも、太閤の子はそれほど稀少《きしょう》なのだ。だが……。

「太閤に会いにきたわけではない。それより、この煮物は美味《うま》いな」

膳《ぜん》を挟み、侍女に話しかける。

「この間の食事よりしょっぱくて好みだ。いい料理人でも入ったか」

さりげなく人の出入りを訊いてみた。

「はい……そのようです」

あとで御膳所《ごぜんしょ》を調べてみるか。あちこちにこの髪のまま顔を出すだけで、刺客に対する牽制《けんせい》になる可能性がある。奴《やつ》らは千寿を捕まえる仕事も請け負ったかもしれないのだ。少なくとも仁吉《じんきち》はそうだ。

千寿が伏見城に来たことで、諦めて引き上げてくれるならいいが。このたびの拾丸《ひろいまる》暗殺の企ては、事が明るみに出ないことが肝要だ。大野木を止めることができれば最善だが、今あの男がどこにいるのかはわからない。

「拾丸は元気か」

「あ、はい。それはもう」

「親父《おやじ》はいらないから、弟と会いたい。淀の方様にお願いしてもらえるか」

侍女たちは目を丸くした。どうしたものかと顔を見合わせている。太閤に断りもなく会わせるわけにはいかないのかもしれない。

（非情で傲慢《ごうまん》な糞親父《くそおやじ》だからな……）

誰だって怖かろう、と納得する。

「申し訳ございません。ただいま淀の方様におかれましては、墓前に……鶴松《つるまつ》様の菩提寺《ぼだいじ》のほうへ」

鶴松は幼名を拾丸《すてまる》といい、拾丸の兄である。わずか三つで亡くなっている。この子を亡くしたことが甥の秀次《ひでつぐ》を迎える理由となった。死んだ子の供養のため、淀殿は城を留守にしているということだ。

「倅《せがれ》も連れていったのか」

「いいえ、拾丸様はこちらに。先ほどもお方様を捜し回っていらっしゃいました」

まだ三つやそこらだったか。確かによく動く子どものようだ。

「ですから、ご面会には太閤様のご指示をいただかないことには……。できれば姫様おん自ら、お話ししていただけないでしょうか」

太閤の不興を買えばどんなことになるかは、関白の末路を見ればよくわかる。だが、姉が弟に会いたいというだけなのに、ずいぶんと面倒くさいことだ。

「そうか、わかった。いろいろすまぬ。とりあえず寝る」

お膳の脇《わき》にごろりと転がった千寿を見て、侍女たちは慌てて寝具を運んできた。

昼寝から目覚めると、千寿は侍女を連れて城内を見て回った。

どうやら侍女たちは、千寿から決して目を離してはいけない、一人にしてはいけない、と言いつけられているようだった。一人になれるのは厠《かわや》の中くらいのものだ。そこで一度、鉄砲の手入れをする。

（やはりわたしには、お姫様は無理だ）

心からそう思い、そっと吐息を漏らす。

堀で囲われた広大な敷地《しきち》をもつ城は、一刻歩いたくらいでは、とてもすべてを把握することなどできない。数名の侍女と太閤の近習《きんじゅ》らしき男二人をぞろぞろと引き連れ、赤い髪の若い女が歩き回っているのだ。相当に異様だし、偉そうなことこの上ない。

途中、上層の家臣らが偶然を装い挨拶にやって来るものだから、千寿姫一行の城内散策はなかなか前へ進まない。顔を出した者の中にはこの間、薙刀《なぎなた》で張り倒した男もいた。

太閤の側室二人ほどにも会った。千寿の髪を恐ろしげに見つめている。どうも側室の間では赤鬼姫と渾名《あだな》されているらしい。

「あちらが松の丸、その向こうが弾正丸でございます」

「……こうもだだっ広いのでは、侵入者などの警備も楽ではあるまい」

もし自分だったら、どこから侵入して、どの経路を辿《たど》るだろう。そんなことを千寿は考えた。手薄なところはないか。

「石垣は高く、武者返しも備えられております。昼夜を問わず要所に見張りを置いていますので、滅多なことはないかと存じます」

「なるほど。ところで太閤はどうなさった。お加減が悪いのなら見舞いに行きたいが」

近習は口籠《くちご》もった。

「太閤様は……その、千寿姫様には、髪を黒くしてからと……おっしゃっていて」

ふざけるな、と言いそうになってその言葉を呑みこむ。自分の娘のありのままの姿を受け入れる気がないのか。それとも先日の騒ぎへの罰のつもりか。

「父上に伝えてくれ。そんなにこの髪が気に入らないなら、丸々剃《そ》って尼になってやってもいいぞとな」

艶《あで》やかに微笑《ほほえ》んでやると、近習たちは青くなった。

これから嫁に出さなければならない娘に、尼になどなられては大変だろう。さて、これに太閤がどう返してくるか楽しみだった。

(もっとも、その前になんとかしたいところだが……)

豊臣の血を自分のところで断ち切りたいと、ここまで来たはずなのに。

晴姫と出会い、お紋《もん》と出会い、母が生きていることを知り――いろいろあったものだ。

まさかこんなことになるとは、思ってもみなかった。

いくら否定しても千寿は太閤の娘だ。豊臣の血を引く以上、逃げるわけにはいかない。太閤が恨まれて殺されるなら知ったことではないが、豊臣の子だからという理由だけで殺されるには、拾丸は幼すぎる。


その夜。城全体が眠りについた頃、千寿は寝具の中で目蓋《まぶた》をあけた。

どこからか足音がする。奥御殿のほうだろうか。あまりに微《かす》かで、それが忍びの者か奥女中のものかもわからない。おそらく千寿でなければ聞き取れないくらいの音だ。

だが、なんだか気になった。こちらの部屋の隅では、衝立《ついたて》の向こうで侍女が眠っている。千寿はそっと鉄砲を取りだし、打ち掛けを羽織った。こんな生活をしていたら、いずれ〈でうす〉は見つかる。

足音の正体を捜しに床を出る。こっそり行こうと思ったが、見張りの侍女は寝ずの番をしていたらしく、衝立から出たとたんに見つかった。

「姫様、どちらへ」

厠だと答えるとすぐに「わたくしも参ります」と侍女は立ち上がった。灯《あか》りを手にして先導する。寝る前には気づかなかったが、前に城へ来たとき髪を梳《す》いてくれた若い侍女だった。名は……田鶴《たづる》といったか。

（……まあ、仕方ない）

戸を開けようとしながら、もじもじと田鶴が言った。

「実はわたくしも行きたかったのでございます。でも、決して姫様から目を離してはならぬと命じられておりましたので。それに夜は本当に怖くて――あ、失礼いたしました」

それを聞いて、思わず笑ってしまった。この娘は本当に晴姫のようだ。気を遣わずにすんでいい。

「けっこう。遠慮せず言えばいいのだ。厠くらい、いつでもついていってやる」

城は広く、それでいて厠の数は少ない。夜行くとなるとなかなか面倒なものらしい。部屋にそのための器などを置くことも多いようだが、千寿はこれを断った。

女二人で真っ暗な廊下へ出る。長い廊下は奥へ行くほど闇が濃くなっている。なるほどこれは怖い。城に生者以外にも、いろいろなものが蠢《うごめ》いているようだ。

奥まった場所にある厠まで行くと、田鶴に先に入るよう促す。我慢の限界だったらしい田鶴は、恐縮しつつも素早く入った。

「逃げないでくださいね。姫様に逃げられたら、わたくし手討ちになります」

「わかったわかった」

待っている間、雨戸の向こうで声が聞こえた。見張りだろうか、と少しだけ戸を開けてみる。月明かりがあって、外のほうがよほど明るかった。

遠く池に映る月が、揺れているのが見える。

（植木の陰に……誰かいる？）

千寿は裸足《はだし》のまま庭へ下りた。戻ってきた田鶴が声をかけそうになったのを、千寿は自分の唇に指をあてて止める。田鶴もそこで人影に気づき、息を呑んで肯いた。

男が二人……？　一人は小太刀を持っていた。もう一人は膝《ひざ》をついて何かしている。

田鶴が悲鳴をあげかけたが、声にならない。

膝をついた男は、小さな子どもの鼻と口を手で覆っていた。この城に子どもは一人しかいない。千寿は駆けだした。

着物の裾《すそ》を払い、腰から銃を抜く。躊躇《ちゅうちょ》することなく引き金を引いた。

城内に銃声が響く。膝をついていたほうの男が倒れた。おそらく側頭部を弾が貫通したのだろう。すぐさま銃の尾部から弾丸と火薬を紙に包んだものを装塡《そうてん》する。

もう一人の男が千寿に襲いかかってくる。小太刀を握ったその大柄な人物は――。

（……仁吉！）

歯嚙《はが》みして、千寿はもう一度引き金を引いた。至近距離だったが、とっさに銃口をずらして外してしまう。逸れた弾は肩に当たった。

よろめいた仁吉は、肩を押さえて逃げた。塀の屋根に飛び乗ると、そのまま外側の堀に転がり落ちた。大きな水音がする。

「拾は？」

振り返ると、駆け寄った田鶴が拾丸を介抱していた。

「気づいておいでです。でも呼吸が」

男の子は田鶴の腕の中で、引きつけるようにひくひくとしゃくりあげていた。殺されかけたことで、一時的に正気を失っているようだ。

二発の銃声は眠っていた城を叩《たた》き起《お》こしたらしく、人が集まってきた。

皆、まだ何が起きたのかわかっていない。幼い若君が泣いていて、その傍らで男が射殺されていて、赤髪の問題児の姫が鉄砲を持っている——目に映った光景だけでは事態が把握できないだろう。

だがとりあえず、詳しいことはあとから田鶴に聞けばいい。

千寿は強い口調で叫ぶ。

「早く医者を呼べ。わたしはこれより賊を追う。逃げるのではない。それと、田鶴は拾の介抱をしたのだ。罰したら許さないと太閤に伝えておけ」

千寿はまっしぐらに門へ向かった。止めに入ろうとする家臣もいたが、門番に銃口を突きつけて開門させる。

月明かりの下、赤鬼姫は城外へと姿を消した。

京の夜は魑魅魍魎《ちみもうりょう》が跋扈《ばっこ》する。

長い歴史の中で、祟《たた》られ呪《のろ》われ……寺社が多いのもそのせいだ。

どこかで鐘の音がした。

「……さぶ」

ぴちゃぴちゃと水を滴らせ、千寿は裸のまま川岸に上がってきた。

秋の夜風が濡《ぬ》れた身体《からだ》に凍りつく。それでも全力で大男一人を岸に引きずりあげた。

仁吉はぴくとも動かない。肩口に滲む血、蒼白《そうはく》な顔、これで川に浮かんでいれば骸《むくろ》だと思うだろう。もっともこの光景を目の当たりにする者がいたら、死にかけの大柄な男などより、月下に見事な裸体を晒《さら》す女のほうに視線を奪われていただろうが。

（夜の川から現れる赤髪で素《す》っ裸《ぱだか》の女か……京の妖怪《ようかい》目録に載りかねないな）

人目につかぬよう、すすきの群生の中まで仁吉を引きずっていく。

「生きておるか」

声をかけながら、千寿はとりあえず隠していた間着《あいぎ》を着る。それから仁吉の濡れた着物を脱がせた。くるむように打ち掛けを身体にかけてやる。

「おれは……いい。あんたが着ろ」

ようやく意識を取り戻した仁吉が言う。

「わたしは大丈夫だ。陸奥《むつ》の山の寒さはこんなもんじゃないからな」

火をおこしてやりたかったが、おそらく伏見城から討伐隊が出ているだろう。焚《た》き火《び》は目立つ。濡れた髪を手ぬぐいで拭《ふ》いた。

堀に落ちた仁吉が、船入りから宇治川《うじがわ》まで流されていることを祈って、城を出た千寿は橋の下で待っていた。さすがに屈強な男だけあって、このあたりまではなんとか泳いできたらしい。

「すごいお姫様もいたものだ」

笑ったはずみで仁吉の口から血が溢《あふ》れた。

「熊谷の姫さんは、あんたを天女と言っていたが……おれには人魚に見えた」

「嘘《うそ》つけ。夜だぞ。川の中で姿が見えるか」

「見えたとも……きらきらしてた。珍しい綺麗《きれい》な人魚だ」

綺麗な人魚と言われても、千寿には巨大な鮒《ふな》に鬼女の顔がついたものしか思い浮かばない。要は妖怪だ。

「蛍烏賊《ほたるいか》でも寄ってきたんだろう」

見たことはないが、そういう種類の烏賊もいると聞いた。仁吉の目元が緩む。

「川に烏賊はおらんだろう。なんてことだ……こんな変な女にやられるとはな」

「悔しいのか」

「続けざまに撃てる鉄砲なんぞに、勝てるわけがない」

仁吉はこの銃が火縄ではない、ということくらいしか知らなかっただろう。晴姫にも教えていないことだった。

「自慢じゃないが、わたしは腕もいいぞ」

「ああ……うまく心の臓を外したな。なんとも……憎たらしい女だよ」

仁吉は打ち掛けの上から、撃たれた肩に手を置いた。

「あの子どもは、こっそり抜け出すことがあるらしくてな……夜中に、母上ぇ、と泣きながら庭に出ていたのを見つけたのよ」

こんな機会はまたとねえだろ、と仁吉は力なく笑った。母親がいない寂しさで、夜中に捜しに出たのか。それとも心細さで寝ぼけたか。千寿が奥御殿で聞いた小さな足音は、幼子のものだったようだ。

「だがよ……いざとなると、とても子どもを殺す気にはなれなくてな。一緒に潜り込んだ男が呆れて、おれがやるから見張っていろと言われたさ。息を止めてから池に放り込めば、誰も殺しとは思わない……あとは亡骸《なきがら》が見つかった騒ぎに紛れてずらかればいい……そう思っていたが、まさかあんたがあそこで来るとはな」

「わたしにとっては、弟だ」

千寿のつぶやきに、仁吉は弱々しく肯いた。

「そうかい……あんたは弟を守ったんだな……おれは弟も妹も守れなかったよ」

戦では千寿も登世《とせ》を守れなかった。誰かを守るのは、おのれが生き残る以上に難しい。

「もうおぬしはもたない。何か言い残すことはあるか」

はっきり言うものだと、仁吉は口元だけで笑った。

「あんたが殺した男は、口が軽かった……たぶん誰かに、大野木の旦那《だんな》が雇い主だと、話してしまっているだろうよ。忠義で結ばれているわけじゃないからな。人を裏切って生き抜いてきた奴には……そういうのが、わからんだろうな」

主を失ったあと誰にも仕えなかったのは、仁吉なりの忠義だったのかもしれない。

「あとは……もう少し、女に金を残してやりたかったな……忍びくずれの最期《さいご》など、こんなものだろう。大勝負に出すぎたようだ」

「おぬしは器用な男だ。その女と慎《つつ》ましく生きることはできなかったか」

昔も、千寿にはこの質問をしてみたいと思った男がいた。

「……ふむ。できなかったということは……不器用なんだろうよ」

仁吉は目を閉じた。冷たい身体に熱が戻ることはなかった。

3

ほのかな灯《あか》りが、まどなの顔を照らす。

まどなは横たわったまま、じっと天井を這《は》うやもりを見つめていた。外に捨てましょうか、とお紋が訊くと、その必要はないと答える。

急速に具合が悪くなっているのか、もう上体を起こすこともしなくなった。その目はすでに彼岸の向こうを見据えているようだ。

「しっかりなさってください。もうじき来ます……千寿は」

お紋の瞳《ひとみ》から涙がしたたり落ちた。

あの馬鹿《ばか》はいったい何をやっているのか。弟を助けてくる――そう告げて、伏見城へ行ってしまった。弟というのは、太閤の嫡男のことだろう。母親も育ちも違う、ろくに会ったこともない子どものことなど、どうでもいいではないか。お紋にしてみれば、病身の母親に会う前に太閤の城に乗り込むなど、ありえないことだ。

（せっかくあたしが、会うことを許してやったのに）

まどなに千寿と会ったことはもう話した。殺し合ってきましたとは言わなかったが、二人のるちやの間でなにごとかがあったようだとは、まどなも気づいていたのではないか。

何もかも知っている、そんな気がした。

千寿が異母弟を助ければ、大野木の計画は頓挫《とんざ》する。大野木はいずれ重罪人として手配されるだろう。そこに関わった者たちもだ。

あの男の誤算は、手駒《てごま》にしようとしていたプリンセサ・ルチヤが、とびきりイカレた女だということだ。あそこまでぶっ飛んだ女を操れる者などいない。

大野木……今頃はもう敗走しているのかもしれない。

「村へ帰りなさい……るちや。大野木様の企てがうまくいくことなどありません。必ず露見して、あの方に関係するすべての者は討たれるでしょう。その前に、村の人々を逃がしなさい……」

お紋は首を横に振った。

「村の連中はあたしの言うことなんか聞きません。火の村がどうなろうと、あたしには関係ないこと。まどなのおそばにいます」

まどなは薄く笑った。

「るちやは強がりばかりね。人一倍、情に厚いくせに」

「そんなこと……ありません」

「もういいの。わたしはあなたにそこまで大切にしてもらえるような者ではないから。わたしは魔女。それでいい」

まどなが何を言わんとしているのかは、わかっているつもりだ。

まどなの心には祈りなどなかった。あったものは……。

「魔女だのなんだの、そんなことはどうでもいいんや。あんたはあたしのおっかあだ。それだけだ！」

お紋は叫んでいた。くしゃくしゃの顔は涙と鼻水で濡れている。

「るちや——千寿も、そんなことを言ってくれました。まぁまをいじめた奴らがなんと言おうがどうでもいい、わたしのまぁまだって。無条件で味方をしてくれる娘が二人もいる……わたしはとても幸せ者だったんですね。もっと早く気づければよかった……」

まどながお紋の拳《こぶし》に自分の手を重ねた。

「なんとしても村を助けなさい。村の人たちが焼かれれば、あなたは苦しむ子です」

お紋は俯いて、ぎゅっと拳を握り直した。

「……行ってみます」

立ち上がり、精霊洞を飛び出した。

精霊洞から火の村までは一里半ほどある。洞のある山を南に下る。道なき道だが、お紋は慣れていた。駆け続けるのはそれほど難しくない。

存在すら外部に知られていない村だ。それでもあそこには、確かな営みがある。事情を抱えた者たちが、肩を寄せ合って生きてきた。腹の立つことばかりだったが、自分だけ逃げるわけにはいかない。

ようやく火の村に着くと、お紋はまっすぐに村長の家へ行った。勝手に上がり込んできたお紋に、村長は怪訝《けげん》な顔を向ける。

「なんじゃ、その顔は」

泣きながら山風に吹かれたお紋の顔は、さぞ見苦しかっただろう。

「この村は、まもなく襲撃される。みんなを逃がしてくれ」

村長とその長男・要蔵《ようぞう》が、思いきり眉《まゆ》をひそめた。

「おまえは何を言っている」

「大野木が、太閤の嫡男の生命を狙《ねら》った。ここにも必ず豊臣の軍勢が来るって言ってんのや。村の連中はみんな殺される。偉そうに村長やってんなら守ってみい」

小娘に言われ、激昂《げきこう》した要蔵がお紋を蹴《け》った。

「ふざけるなっ」

腹を蹴られて倒れたが、お紋は負けずに睨み返した。

「あたしには家族はいない。このまま一人で逃げたっていいんだ。それがなんで、こんな扱いを受けてまでここへ来たと思ってるんだ。おまえなんかどうでもいいが、おまえのチビすけが太閤に殺されたら哀れだからだよ！」

そう言われて村長親子は考え込んだ。お紋の言うことに一理あると気づいたのだろう。

村長の孫息子はお紋になついている。

「おまえはいろんな話を聞ける立場だ……大野木様は、本当にそんなことをしたのか」

「親父、こんな親もいない小娘の話を信じる気か。だいたい、あの損得勘定に長《た》けた大野木様が、そんなことをするものか」

お紋はぷんと顔をそむけた。

「大野木の何を知ってるってんだよ。あいつはもともと侍で、博打打《ばくち》ちだろ。……太閤に殺されたいなら、信じなくていいさ」

村長の家を出ると、外に孫息子が立っていた。ずっと話を聞いていたらしい。顔は親父の要蔵に似ているが性格はいい。父の乱暴に申し訳なさそうな顔をしていた。

「紋ねえ……ごめん」

「なんともないよ。それより、いつでも逃げられる準備をしておきな」

「村、危ないんか」

この世界しか知らない子どもたちは、どうしても危機感が足りない。お紋は子どもの肩に手を置くと、不安そうに見上げてくる幼い目を見つめた。

「この村はずっと綱渡りしてた。でももう綱は切れたんや」

くどくど説明はせず、それだけを言う。

子どもを置いて村外れまで行くと、山に入り、海の方角へ向かった。精霊洞と同じ切り立った崖《がけ》に続く。断崖絶壁《だんがいぜっぺき》で海に出られるわけでもなく、ここまで来る者はいない。

そこから下を覗《のぞ》き込《こ》んだ。秋の海が灰色に揺れる。

崖際に細い道がある。この道は漁をしている村へと続き、さらに先へ行けば街道へと抜けられるはずだ。強い風が吹き上げてくるが、縄でも使えば降りられない高さではない。

お紋はあたりの様子を見て、よさそうな木をいくつか押してみる。しっかりとした幹の一本松に満足して肯いた。

山を下り、再び村へ戻る。自分の家に入ると、一心不乱に縄ばしごを作り始めた。外から一度、要蔵の罵声《ばせい》が聞こえてきたが、きっぱり無視した。強く抗議できないのは、向こうも不安だからだ。


千寿は一路、摂津《せっつ》に向かっていた。

城の中でもいつでも逃げられるよう、着物に櫛《くし》やら数珠やらを隠し持っていたのが幸いした。豊臣の姫に与えられた装飾品だ。すぐさま充分な金に換えられた。これで再び雲水の姿に着替え、千寿は精霊洞を目指す。

千寿が射殺した賊の身元から、大野木の名が出てくることは想像できた。事はお世継ぎ暗殺未遂事件という、天下を揺るがす大事だ。太閤は容赦しない。必ず真相に行き着くだろう。大野木が主犯と特定されれば、精霊洞やお紋の村まで粛清を受ける。

その前に、抱きかかえてでも母を連れ出さねばならない。先が短いというお紋の言葉が本当なら、せめてどこか静かな場所で看取《みと》りたかった。失われた年月、親子として……それだけが今の願いだ。

ほとんど走りっぱなしで精霊洞の前にたどり着いた。見ると、洞窟《どうくつ》の中から幾人か慌てた様子で人が出てくる。

宣教師らしき南蛮人が流暢《りゅうちょう》な日本の言葉で、早く出るようにと叫んでいた。

「二度とここへ来てはいけません。ここは閉鎖されます！」

宣教師の弟子だろうか、首周りに丸いびらびらした襟《えり》をつけた日本の男も言い添える。

「精霊洞のことは他言無用にてお願いします。いいですね、言っちゃいけませんよ」

切支丹《キリシタン》たちが逃げていく。洞内が空になったのか、宣教師たちはほうと一息ついた。

「これでなんとか。あとは早く、ここを塞《ふさ》がないと――」

そう若い日本人が言いかけて、目を丸くした。怪しげな雲水姿の千寿を見て、南蛮人の宣教師を守るように前へ出た。

「何者っ」

師を守ろうと、弟子は必死に両手で構えた。

「敵ではない。ここに用がある」

「いけません」

南蛮人の宣教師が前へ一歩出る。千寿はその珍しい髪型をしげしげと眺めた。

「……カラスコだな。ならば知っているだろう。わたしはこういう者だ」

千寿は笠と手ぬぐいを取った。赤い髪がばさりと背中に落ちてくる。

「母はいるか？」

まどなの娘と理解した二人の男はたじろぐ。

「あなたは……プリンセサ・ルチヤ？」

「母上は、中にいるのだろう？」

カラスコはようやく安堵《あんど》の表情を見せた。

「よかった。精霊洞から信者を出してほしいと伝えにきたのですが、カテリナ様ご自身は頑《かたく》なに逃げようとしてくれないのです。あなたから説得してください」

千寿は肯く。

「じゅりあん、ここで人の出入りを見張ってください。——ではプリンセサ、こちらへ」

カラスコのあとに続き、中へ入った。死んだと思っていた母に十年ぶりに会うのだ。さすがに千寿も少し緊張してきた。暗さには慣れているが、洞窟の圧迫感のある闇は好きになれそうになかった。

「カテリナ様、入ります」

部屋の前で声をかけ、先にカラスコが入った。

蠟燭《ろうそく》の炎があるので、部屋の中はほのかに明るい。寝台に横たわる白い髪の女が見えた。髪が白と金の混ざったような色になっていると、お紋からも聞いていた。あれが母だ……。

「……まぁま」

呼びかける千寿の声に、まどなはハッとしたように両目を開いた。

「ルチヤ……ミ・イハ」

るちや、私の娘——そう言っている。幼い頃、そうやってよく抱きしめられた。千寿は駆け寄り、寝台の脇にひざまずいた。そっと母の手をとる。

言葉より、まず互いの熱と感触から生きていることを確認しあった。母の手は細く、白い皮膚の下に血の管が浮いていた。

「大きくなって……」

人が最も変わる時期だ。自分より大きくなった娘に、まどなは眩《まぶ》しいものを見るように目を細めた。千寿には母が小さくなったようにしか見えなかった。

「互いに死んだと思っていたのが、本当はどっちも生きていたとは。わたしたちは相当しぶといのだな」

「これじゃ本当に魔女の母娘《おやこ》ね……ふふ」

　笑った母に、千寿はそれは違うぞと首を横に振った。

「わたしは天狗《てんぐ》娘だの天女だの人魚だの、いろいろ言われたぞ。まぁまもここで聖母《まどな》と呼ばれているのだろう。どう見るかは人の勝手だ。わたしたちはただの母と娘だ」

「ルチ……変わってないのね」

　母の目が潤む。

「まぁまは少し変わった。痩《や》せて、前よりもっと悲しそうな目になった。こんなところにいるからだ。外へ行こう」

　少し離れたところでカラスコが二人を見守っていた。感動の再会のはずだが、意外にもさばさばした様子で話が進んでいるのを、不思議そうに眺めている。

「ありがとう……でも、まだ駄目。もうすぐあの方が来ます」

「大野木のことか？」

「そう。哀れな人……だから待つことにします」

　事が露見したと知ったら大野木は当然逃げるだろう。こんなところへわざわざ来るだろうか。千寿には母の言葉が理解できず、どうなんだとカラスコを振り返った。

「あの方は……カテリナ様に好意というか執着というか、特別な想いがあるように思います……しかし、事ここに及んでは」

太閤を恋敵と言ったのはそういうことかと千寿は納得する。とはいえ、女への恋慕に溺れる奴には見えなかった。

「大野木様は来ます。わたしから逃げるためには、わたしを殺さなければならない」

きっぱり言う母に、千寿は多少の違和感を覚えた。千寿の知るかつての母は、運命の神に見つからないよう、静かに控えめに生きることだけを考えていた。この十年、闇の中でじっと、母は心で何を育ててきたのだろうか。

「ごめんなさい……わたしは昔の〈まぁま〉とは違うのです」

千寿が感じたものを読み取ったように、母は詫《わ》びた。

ぱたぱたと足音が聞こえ、いきなり扉が開いた。外で見張りをしていたじゅりあんとかいう男が、興奮した様子で飛び込んでくる。

「大野木様がこちらに来ます、どうしますか」

カラスコが息を呑む。本当に来たのだ。

「一人ですか」

「はい。しかし馬に乗ってこられていて、もう――」

同時に馬のいななきが聞こえた。洞窟の中にまで蹄《ひづめ》の音が共鳴している。

すぐに、息の上がった大野木が、つとめて冷静を装って部屋の中へ入ってきた。

「これはこれは。母と娘の涙の対面には少し間に合わなかったようだな、残念だ」

そう言って、手にした鉄砲の火蓋を切った。火縄にはすでに火がついていて、銃口はまどなに向けられている。乱れた髷《まげ》と余裕のない目が、京から逃げてきたことをうかがわせた。

引き金を引けばいいだけの状態で構えているため、千寿にも迂闊《うかつ》に手が出せない。

大野木は周囲を牽制したまま、まどなの正面に立つ。銃口との距離はわずか三尺ほど。

「ここにもすぐ手が回る。逃げもせず、なぜこんなところへ戻ってきた」

千寿の問いに、大野木は少し笑った。

「……出会った瞬間、呪《のろ》われた。わかっていたはずなのだがな」

呪った女が肯く。

「わたしもわかっておりました。あれが、終わりの始まり……」

大野木は忌まわしいものを振り払うように、ふんと鼻を鳴らした。

「わかったか、小娘。そう急がずともいいのだ。太閤の兵はまず火の村へ向かう。大野木双悦《そうえつ》は火の村に向かった、あそこで立《た》て籠《こ》もり、迎え撃つ。小倉《おぐら》にそういう話を信じ込ませておいた。今頃は捕まって、ぺらぺらその話をしているだろう。命乞《いのちご》いをしようとも、奴にはどのみち凄《すさ》まじい処刑が待っているだけだ。――私はこの国を出る。逃げる前に一言、恨み言をと思ってな」

お紋の村が――千寿は目を瞠《みは》った。

「まどな、あなたの娘はとんでもない人だ。せっかく捕まえたと思ったら逃げ出すわ、私の計画をめちゃくちゃにして、可愛《かわい》い弟まで守ってしまったんですよ」

「誇らしい娘です」

微笑む母は美しかった。

「あなたたち母娘のための企ても、すべては水の泡だ」

「ご自分のための企てでしょう。わたしも娘も望んではおりません」

「さてもつれない魔女だ。あの日、炎の中にまで飛び込んで助けたというのに」

「したたかに見えて、ときに無謀なことをなさる。それが大野木様の本質。嫌いではありませんでしたわ」

弱々しくやつれた女が、今は不浄の世界に君臨する神にも魔物にも見えた。

「何度も私に暗示をかけた。痩せた、医者に診《み》てもらえ、御身大事に……自分の言葉が予言と思われていることを利用して、その上で太閤を持ち上げる。まったくたいした女だ」

瞳に狂気を宿らせて、大野木は笑う。さらに近づいて、愛憎半ばの女の額に銃口を押しつけた。

（大野木の陰謀の裏に、まぁまがいたということか）

さも先のない病人であるかのように思わせぶりに言い、何気なく天下を狙うよう焚きつける……母には、いずれこうなることがわかっていたのだ。

蠟燭の炎が揺れる、薄暗い小さな部屋。千寿は二人の男女を交互に見た。どちらが優位にあるかは明らかだった。

「そう長くないとすれば、あなたには二つの生き方があった。一つは愚行とも思える最後の勝負に出ること、もう一つは穏やかな死を迎えるため心安らかにあること——あなたは自らの性《さが》に従い、前者を選んだのです。そして、賭《か》けに敗れた」

さすがに頭に血がのぼったようで、大野木の表情が変わる。

「どの医者も問題はないと言ってくれた。してやられたと気づいたときには窮地に追いやられていて……まったく、魔女というより悪魔《ディアブロ》そのものだな。それでこそ、私が唯一惚《ほ》れた女だ。だが、病でないなら私はいくらでも再起してみせる」

ちりちりと鉄砲の火縄が小さな音をたてていた。

「あら、一緒に死んでほしかったのに」

「それも悪くないと思っていたとも——だが、ここで断ち切る。ラス……ジャマス……エテルナス……テエスペ……ラン」

途中から大野木の声音が変わった。千寿にもよくわからなかったが、おそらくこう言っているのだ。

——地獄の業火が待っている。

これはこの男の声なのか。本当にこの男の意思で発せられたのか。恐ろしげな低い声はまるで悪魔《ディアブロ》……。

だが、母は少しも怯《ひる》まない。魔性が乗り移ったかのような男を愛おしげに見つめる。

「身体が重くありませんか。先ほどからあなたの足にすがりついて、地の底へ引きずり込もうとしている若い殿方が見えますけど。あなたと似た顔……寒そうに凍《こご》えて」

大野木は凍りついた。それから、微かに笑う。

「呪いは解いてみせる……先に地獄の炎に焼かれるがいい！」

大野木の指が引き金を絞ろうとした瞬間、千寿の銃が先に火を噴いた。

箍《むしろ》にくるんであった背中の鉄砲は、いつでも撃てるようにしてあった。大野木の意識が母に注がれているそのとき、瞬きほどの速さで肩の上から鉄砲を抜くと、千寿は大野木の側頭部を正確に撃ち抜いた。洞内に銃声が反響する。

じゅりあんが腰を抜かし、唇を震わせていた。どうと倒れて物言わぬ大野木と、鉄砲を構えたままの千寿を呆然と見つめている。

カラスコも絶句していたが、まどなだけは顔色一つ変えていなかった。

「可哀想《かわいそう》な大野木様……」

ぽつりとつぶやく。欺いた男を哀れんでいるのだ。

「わたしね……この人が好きだったわ」

千寿もそんな気はしていた。大野木は母の人生において最も長く深く関わった人物だったのだろう。互いに腹を探り合いながら、寄り添っていたのかもしれない。

千寿は地獄の商人の亡骸にひざまずき、その目蓋を閉じる。どれほどの悪党だったとしても、死ねばもうただの人だ。そして思惑がなんであれ、母をあの戦火から救ってくれた男だ。カラスコも後ろで十字を切っていた。

「まぁま……わたしもこのとおりだ、昔とは違う。敵と判断すれば遠慮なく殺す。こんなに可愛くない娘はちょっといないだろう。でも、わたしはまぁまをここから連れ出す。まぁまは陽の光を浴びるべきだ。花に触れるべきだ。風を感じるべきだ――わたしがそうしてほしいからだ」

千寿は両手で母を抱いて持ち上げる。狩った熊《くま》を背負って山を下りる生活をしていた千寿には、母の身体は羽根のように軽かった。

「行きましょう」

カラスコが、まどなの身体に寝具をかけた。

4

精霊洞から出ると、まどなは目を細めた。

「……空って、こんな色だったかしら」

こんなことも忘れていた自分がおかしいというように、くすくすと笑う。

「海を見たいわ」

「しかし、そちら側を通れば……」

海のほうへ抜けると、火の村へ押し寄せてくる兵たちと鉢合わせするかもしれない。それを心配してカラスコが口を挟む。彼は彼でまどなを一旦、自分の住まいに連れていこうと考えているのだろう。

「いいんだ。母は、もうもたない」

千寿は仁吉にも告げた言葉をここでも口にする。

まどなは、娘の冷静な言いように微笑んだ。

「そうよ……だからもっと見せて」

千寿に会い、大野木を見送り、呪いの導火線に火をつけた母に、思い残すことはない。

痩せた女を抱いた腕から、その生命が昇華していくのを千寿は感じていた。

千寿はまどなを抱き、精霊洞の上へ登っていく。山は赤や黄色に染まりつつあった。

淡路島《あわじしま》と四国がすぐそこにあり、広々とした海原とまではいかないが、晴れた海は煌《きら》めいて凪《な》いでいた。

「綺麗ね……船に押しこめられて売られてきたときの海の色は、あんなに恐ろしく見えたのに」

白い髪が冷たい海風に揺れる。潮の匂《にお》いを確かめるように、くんと空気を吸った。

「内海ですから、穏やかです。荒れることもあまりありません」

じゅりあんがつぶやいた。このあたりの出身なのだろう。

「ずっとここで暮らしていたのに、何も知らなかった……綺麗なところだったのね」

「この世で一番美しい土地です」

じゅりあんは自信を持って言った。

「まどなっ」

お紋の声がした。泣きそうな顔で駆けてくるもう一人の〈娘〉の姿に、まどなの目元が緩む。

「明るいところで見る、るちやは初めてです……可愛らしい」

この明るい草原が臨終の地になりそうだった。千寿は袈裟《けさ》を脱ぐと地面に敷き、その上に母を寝かせた。

「まどな……死んだらあかん」

臨終の近づいているまどなの手を掴《つか》み、お紋はぐしぐしと泣きだした。

お紋や、あるいは晴姫のように泣けたらどんなにいいだろうと、千寿も思う。だが、千寿にはこれまで涙を流した記憶がなかった。どんなに悲しい局面でも、今はそんなふうに泣いている場合ではないと、いつも思って泣けずにいた。つくづく損な性分だ。

「まぁま……」

千寿は生命尽きようとする母に語りかけた。

「十年前、尼寺が焼けたとき。わたしは実の父を恨んだ。わたしたちがここにいると知っていながら助けようともせず、戦に巻き込み母を殺した太閤を憎んだ。でも……まぁまは違ったのだな。まぁまは最初から人に期待していなかった。だから太閤にも、どうということもなかった」

母は娘の声を聞いているのかいないのか、ただ静かにそこに横たわっている。

「まぁまが呪ったのは、祖国とデウスだった。魔女と呼ばれ、火刑を宣告されたときから、まぁまはずっと炎に追われていた。寺を焼く炎も、祖国から追いかけてきた業火にしか見えなかった……」

お紋が千寿を睨む。なぜ今、そんな話をするのかという抗議の眼差《まなざ》しだ。

すると、いいのよ、というようにまどなが微笑んで肯いた。これは炎のような赤い髪を持ち、この地で生きた母と娘の会話なのだ。

「だから……大野木を使った。あの男は一応、切支丹だ。陰でろくでもない南蛮貿易をし、この国の女たちまで売っていたそうだな。精霊洞の守護者でもあり、宣教師たちとも昵懇《じっこん》だ。こんな男が太閤に仇なせば、その災厄は伴天連《バテレン》と南蛮にも及ぶ。太閤はあのとお

り、容赦のない男だ。異教の神を決して許さない。名ばかりの伴天連追放令は、いずれ血《ち》に塗《まみ》れたものに変わる。それが……」

「……それこそが、魔女の汚名を背負わされ、焼かれ続けた女の呪いだった。

母は何も答えなかった。ゆっくり目を開いて、すっかり大人になった娘を頼もしそうに見つめている。

「そうだな、まぁま」

太閤も大野木も、愛してはいただろう。だが、それでも男たちは踏み台だった。

神と祖国に痛烈な一矢を報いるためにはどうしても必要だった。娘が生きていたという事実すら、母にとっては大野木を焚きつけるいい材料になったのだ。満足に動けない女に操られているとも知らず、大野木は走り続け、堕《お》ちていった。

この呪いはいずれ成就する。太閤にとっては、自分の命を狙われるよりも許せないことだ。恐ろしい……それでも千寿は母を憎めなかった。だからこそ、世界を呪ったまま死んでほしくない。

まどなはすっきりと青い空を見た。

「それが本当なら、罪深いことね。困ったわ、天上の門を……開けてもらえるかしら」

「開けてくれなかったら、待っていればいい。わたしが門を吹っ飛ばす」

母と娘は、視線を合わせて微かに笑った。

「強くて綺麗ね、あなたは……」

「まぁまも綺麗だ。孫がいるようには見えない」

その言葉に、まどなは初めて驚きをみせた。お紋も隣で目を丸くしている。

「そうなの……ふふ」

その笑みのまま、目蓋が閉じられた。千寿の手を緩く握り、つぶやく。

「海に……近寄らないで」

最期《さいご》に娘の未来を暗示する何かが見えたのだろう。それだけを言い残し、まどなは息を引き取った。

動かなくなった細い身体を、千寿はしばらく見下ろしていた。

カラスコが静かに祈りを捧《ささ》げる。聖職者としてはカテリナという一人の女に複雑なものがあっただろう。それでも心を込めて祈っている。

「村はいいのか。すぐに攻められるぞ」

「無駄だった……あの連中は、目の前まで敵が来なければ動かないだろうよ。だから……そのとき死ぬ気で守る。あったまくるけど、それしかないさ」

お紋は背中に鉄砲を四本くくりつけていた。ありったけの弾丸と火薬、炮烙玉《ほうろくだま》も持ってきたようだ。太閤の兵を迎え撃つつもりなのだ。

「ならば、手伝おう」

「……死ぬよ」

「太閤とやり合うつもりで陸奥から出てきた。当初の目的に戻っただけだ」

「だけど……まどなの孫というのは、それはつまり」

おまえの――そう言いかけたお紋に、それ以上は言うなと笑ってみせる。

「太閤の孫息子など、面倒なだけだ。何かあれば関白のように殺されるだろう。豊臣の世が長く続くとも思わん。幸い見事な黒髪でな。わたしがいなくなれば、豊臣との腐れ縁も切れる。誰もわからない」

感傷すら見せずそう言い切る。それから、勇ましい娘二人を唖然《あぜん》として見つめていたカラスコを振り返る。

「宣教師殿は、なるべく早くこの国から逃げたほうがいい。できるだけ多くの仲間も連れて撤退しろ。おぬしらの神は殉教など望んではいない。物事には時機がある。今は無理でも、いつかこの国が受け入れる日が来る。もともと、神や仏が山ほどいる国だからな。それにはもちろん、そちらにも変わってもらわなければならない。神様の押し売りはいらん」

母がかけた呪いも永遠ではない。教会《イグレシア》の考えが変わる日も、政《まつりごと》と宗教が別物になる時代も……やがてはくるだろう。

ある種の感嘆を込めて、カラスコは千寿を見た。

「イエズス会の方針もあるので、私一人で決められることではないのですが……努力します。船出のときはプリンセサ・ルチヤも一緒に」

「いや、わたしは米と味噌《みそ》のない国で暮らす自信がない。それにこれでも豊臣のプリンセサだ。生きるも死ぬもこの国がいい。ああ、こっちのるちやが望むなら、連れていってやってくれないか」

指さされたお紋が笑う。

「そりゃええわ。もし、生き残ったらめっけもの。物見遊山に南蛮でも呂宋《ルソン》でも行ってみようかねえ」

あっけらかんと言い、鉄砲を伏見の方角に向けた。

「その前に、まずは二人のるちやの戦を見せてやろうやないの」

千寿は赤い髪を掻き上げた。ずっと頭を隠していたので、風が心地いい。

「戦か。面白いな」

親父様、〈でうす〉の威力を草葉の陰から見届けるといい。天は魔女の娘の戦いぶりを、ただ黙って見物していればいい。

熱く血潮が燃えて、心が荒《あら》ぶる。

この世のあらゆる戦の神が今、千寿に宿っていた。

第九章　母と子と

1

陸奥《むつ》の山奥だ。なにごともなく親子で暮らしていけるのではないかと思った。

小三郎《こさぶろう》が長くないのは、もうわかっていた。

(ならば、この子と二人で……)

赤子を背負ったまま、狩りをするくらいなんともない。幸い丈夫で、よく寝る子だ。太閤《たいこう》への恨みが消えたわけではない。だが、今そのことを考えずとも生きていける。むしろ、この子のためにも豊臣《とよとみ》と関《かか》わりたくなかった。

平六《へいろく》などいなくても、一人で育てていける。

この子を宿したときはまだ十六で、あの男に話したかった。夫婦《めおと》になることも含め、話し合わなければならなかった。だが、任務で西国に行っていた平六は、一年も帰ってこなかった。戻ってきたときには、珍妙な名前になっていた。

結局、大喧嘩《おおげんか》になって、子どものことも話さなかったのだ。

『頭領から新しい名前をもらったのさ。おれのこと、跡継ぎにしたいとか言ってたから、娘の婿にと考えているのかもしれないなあ』

帰ってきた平六から、にやけ顔でそう言われた瞬間、〈でうす〉の引き金を引いていた。丁髷《ちょんまげ》をぶっ飛ばされた平六はさすがに逃げた。男女の縁はそれっきりになった。

わたしが好きになったのは〈平六〉という男だ。おまえなんか、もう小六《ころく》の父親じゃない。頭領の娘婿にでもなんでも、勝手になればいい――このときばかりは脳天から噴火する勢いで、頭に血がのぼった。

（……、これでいい）

ふんぎりだけはついた。

どこにでもいる家族のように……そう思ったこともあった。だが、これで無駄な夢を見ずにすむ。いっそすっきりした。平六は忍びだ。仮に所帯を持ったところで、ほとんど千寿《せんじゅ》一人で育てることになるのはわかりきっていた。

小三郎は自分の孫として小六をよく可愛《かわい》がってくれた。千寿を一人残すことへの不安から、子ができたことを喜んでいた。だがその半面、本当に女一人で大丈夫なのかという、新たな不安が生じたのも確かだろう。

『平六はいささか軽口なところはあるが、悪くない男だと思うぞ』

『わかっている……だから、面倒な女とは関わらないほうがいい』

あの男は伊達《だて》家に仕えているのだ。所帯を持つなら頭領の娘でもなんでも、普通の女のほうがいい。平六とて天狗《てんぐ》娘ならまだしも、太閤の娘との間に子を生《な》したいとは思っていなかっただろう。どう考えても天狗の何倍も面倒だ。

小三郎の死期が近づいてきた頃、〈赤い髪の娘〉のことを調べ回っているという男の話を聞いた。それを知って最初に考えたのは、どうすれば息子を守れるかということだ。

さほど腹は大きくならず、産気づくまで狩りをして山中を走り回っていた。ほとんど一人で産んだ。小三郎以外、小六のことは知らない。山の中の一軒家で、赤子の泣き声を誰かに聞かれる心配もない。

（……大丈夫だ、きっと）

そこまで探られたわけではないだろうが、このままだといずれは……。

誰なのか。太閤か、太閤に敵対する者か。

誰であろうと、この子に触れさせはしない。

『この子は太閤の孫だろう……しかも男児。存在が知られれば、今までどおり山奥で親子で暮らすというわけにもいかない。どうするかはよくよく考えることだ。おまえはもう母だ……千寿』

小三郎の言葉は重かった。そのとおりだ。自分は母として決断しなければならない。

太閤に赤髪の娘がいたことを知っている者もいるだろう。だが、この子の髪は黒い。赤髪の母親さえいなければ、豊臣とは終生無縁でいられる。

（どうする――？）

まもなく小三郎が亡くなり、千寿は決めた。二年間隠し通してきたが、子は育つ。一生誰とも会わせないというわけにはいかないのだ。

側《そば》にいて育てるだけが子を守ることではない。懇意にしていた山寺の住持に頼み、小六を預かってもらった。一年経《た》って戻ってこなければ、千寿は死んだものとして、いい養子先を見つけるか、このまま寺で僧侶《そうりょ》にしてほしい。そう頼み込んだ。

『いいのか、それで』

理由《わけ》ありの子だと察していただろうが、老住持はそれ以上訊《き》かなかった。

ちょうど同じ頃、伊達に鉄砲のことが知られた。赤い髪の娘を捜す何者かから身を隠すためにも、千寿は陸奥を離れる決心をした。子を手放した千寿に残ったのは仇討《あだう》ちだった。子どものことを忘れるには、それくらいの覚悟が必要だった。

そうして京へ向かう途中、晴姫《はるひめ》に出会った……。

＊

「小六と太閤の息子は、ちょうど同じくらいの年頃でな。ちょっと会っただけで思い出してしまった。助けるなといわれても無理だ」

穴を掘りながら、千寿からざっといきさつを聞いた。淡々と語っていたが、その実、身を裂かれる想《おも》いがあったようだ。

「育ての親と子どもの父親から一字ずつで〈小六〉かい」

お紋《もん》は少しばかり呆《あき》れていた。えらくさばけた女だとは思っていたが、千寿は子どもに〈豊臣〉はいらないと判断して、今ここにいるのだ。そのくせ弟だからと太閤の息子を助けに行く。わけのわからない女だと思う。

「わたしに似てものすごくいい男だ。あれはちゃんと自分の力で生きていく」

さらりと親馬鹿《おやばか》をかますと、千寿は穴から出た。枝を置き、草をかける。討伐隊を迎え撃つため、罠《わな》を作っている最中だった。

村に入るには必ずここを通る。ここからなら敵の動きも見下ろせて、迎撃するにも都合がいい。矢避《やよ》けに板を組み、塀も作った。

夕焼けが西から空を染め上げていく。明日……だろうか。敵はどのくらいなのか。数十人か、数百人か、それとも――お紋は考えるのをやめた。女二人、半刻《はんとき》ともたないかもしれない。村の連中が逃げ切るための時間が稼げるだろうか。

「あんな村のために。おまえは底なしの馬鹿やわ」

自分だって馬鹿だと思っている。ましてや無関係の千寿がどうして命を張る必要があるのか。まったく理解できない。

「母はおぬしに救われていたのだろう。だったら、恩は返す」

赤い髪をした女の〈男気〉にお紋はまた呆れた。

「救われていたのはこっちさ……まどながいたから生きてこられたんだ。名前欲しさに偽《にせ》切支丹《キリシタン》になったくらいだ」

まどながこの国に来たことに意味があったと思いたかった。カテリナという少女が、魔女と呼ばれ、異国に売られたから、ここに二人のるちやがいる。

「それも縁だ。生き残ったら少しはデウスを信じてやればいい。カラスコたちが喜ぶ」

「カラスコはどうだか知らないけど、じゅりあんは喜ぶかもな。切支丹のくせに丸っこい地蔵みたいな顔して、信心が足りないってうるさいんや、あいつ」

罠をいくつかこしらえ、一息ついたときには夜になっていた。

「戦で田畑を失って、京へ行けばなんとかなると信じて一家で逃げてきた……その途中でおっかあが死んだ」

お紋は膝《ひざ》を抱え、焚《た》き火《び》を見つめていた。

「ある夜、橋の下で寝ていて、苦しくて目が覚めた。おとうがあたしの首を絞めていたんだ、泣きながら……。死にたくなくて、必死でおとうを押しのけた。……隣で、弟が死んでいた。先に首を絞められたんだ。飢え死にするくらいならひと思いにって、思ったんだろうさ」

こんな話は、まどなにもしたことがなかった。

千寿は黙って聞いてくれていた。くべた枝が炎に爆《は》ぜる。

「そりゃあ厭《いや》な村さ。臭くて、惨めで、陰気で……。でもあたしは、あそこに助けられた。あたしら親子を助けたのは、神でも仏でも太閤様でもなかったのさ。馬の小便と蓬《よもぎ》で作った火薬だった」

お紋は袋にいっぱいに詰まった炮烙玉《ほうろくだま》を撫《な》でた。

「あたしは、あいつらのために戦うんじゃない。いろんなことで、あったまきてむかついてるからだ。今までの鬱憤《うっぷん》、全部ぶちまけてやる。貧乏人でも女でも、切れたら怖いってとこ見せてやる。自分がそうしたいだけだ」

星空を見上げ、千寿がつぶやく。

「おぬしは生きる。わたしが守る。これも、わたしがそうしたいからだ」

おまえなんかに守られなくたって——そう言いかけてやめた。お紋にも十七の娘らしく、誰かに頼りたい気持ちが少しだけあった。

「……うん」

2

急がなきゃ——晴姫は汗を拭《ふ》いた。

豊臣の兵が摂津《せっつ》に向かっているという。どうやら、太閤の嫡男に刺客を送った大野木《おおのぎ》という商人を捕まえるためらしい。

「そいつが火薬作りをさせている村がある。誰も知らない村だ。それで儲《もう》けていたらしいな。あとは女たちを南蛮に売って……」

案内する幻刃《まぼろは》は、汗一つかかない。

「武器と女衒《ぜげん》で商売か……それはなんとあくどい」

謙吾《けんご》は疲れでよろめきそうになる晴姫を支え、前に進む。

「火薬とは異国から買うものと聞きましたが、作れるものなのですね。それ自体は問題なのでしょうか。熊谷《くまがい》の領地で作れれば——豊臣に仇《あだ》なすこととは限りません」

熊谷の領地で作れれば——晴姫はふと、そう考えた。無為な争いを避けるために強くなる。そうやって生きていく道を考えたかった。

「痛くもない腹を探られるのは厭だろう。現に大野木は裏のある商人だったからな。最悪の形で露見した以上、関連したものは処刑、大名の改易の口実となる。伊達も大野木とは商売上の関係があった。奴《やつ》の裏の商売のことなど知らなかったが、関白の連座で煮え湯を飲まされたばかりだ。我が殿も飛び火を恐れている」

「なぜ、その大野木という人が、千寿様を拐《かどわ》かすのですか？　太閤に遺恨を持っていたのでしょうか……」

幻刃は千寿の行方と大野木のことを探っていた。荷担した元忍びを捕まえ、締め上げ、大野木が千寿をさらったらしいというところまで突き止めたのだ。

千寿は仮にも豊臣の姫。本人にその気はなくとも、恨みの対象になるのかもしれない。

「復讐《ふくしゅう》が目的ではない。大野木が太閤の息子を殺そうとしたのは、おそらく後継者に千寿を据えるためだ。自分が陰から支配しようとしたのだろうよ。……馬鹿な男だ。あれは思いどおりになる女ではないというのに」

晴姫は啞然《あぜん》とした。自分が知らないところで、そんなことがあったのかと驚く。千寿は何も教えてくれなかった。

『大野木双悦《そうえつ》とその一味、関わる者すべてを捕らえ、首を刎《は》ねよ。赤子であろうと、南蛮人であろうと例外ではない』

太閤は烈火のごとく怒り狂い、そう叫んだという。

太閤は大野木とも面識があり、主君だった信長《のぶなが》を思い出すからと目をかけていた。それだけに怒りはおさまらないのだろう——幻刃からそのあたりの話は聞いていた。

「太閤は信長公を崇拝していたが、南蛮人に肩入れしすぎることを懸念していた。商人はともかく伴天連《バテレン》に対しては特に不信感があった。大野木も洗礼を受けた切支丹だ。おそらく商売のためのにわか信者だろうが、これからは切支丹にはつらい時代が来るだろうよ。伊達の家中にもいるが、どうなることやら……」

太閤と大野木。もはや魔物の頂上決戦のようだった。

千寿を救えるだろうか。痛む足を引きずり、晴姫は歩いた。

(そして……わたしは千寿様を、太閤の娘として見てしまいはしないだろうか)

千寿は千寿。頭ではわかっていても、心がそれを受け入れるだろうか。

「関白の件以上の大事になるかもしれん。大野木の悪事と関わりがあると判断されれば、たとえ徳川《とくがわ》でも命はない」

関白切腹の連座が一段落しつつあるときに、大野木の件は再び大きな波乱を大名たちにもたらしかねない一大事だった。中には大野木から火薬の類《たぐ》いを買っていた大名や豪族もいたらしい。江戸に領地を持つ徳川が関与していることはないだろうが、もはや事は一商人の野望では済まない。これ以上の激震は、無関係な有力大名たちも望まないだろう。伊達もまたこの件を重く見て、黒脛巾組《くろはばきぐみ》を動かしているのだという。

大野木との関わりの証拠を消すために、あらゆる草の者たちが暗躍しているのだろう。すでに大野木の摂津の屋敷《やしき》には火が放たれたらしい。

大野木が太閤の手に落ちる前に、永遠に口を塞《ふさ》ぐ――それが幻刃の使命であるらしかった。そのために火薬作りの村に向かっているのだ。そこに大野木が潜伏しているという噂《うわさ》があった。

「しかし、女の千寿殿を豊臣の後継者に……というのは、無理がござらんか」

謙吾の問いに、息も切らさず幻刃が答える。

「そこで南蛮との関係だ。もともと富と労働力を求めて世界中を旅していた連中だ。できればこの国もほしい。しかし、南蛮の国力は疲弊してきている。そこに南蛮人との混血の女王が誕生したらどうなる。おそらく、密《ひそ》かにそのあたりの話もついているのだろうな」

南蛮の女王というのがどういう恰好《かっこう》をしているのか晴姫には想像もつかない。ただ脳裏に浮かんだのは派手な兜《かぶと》をかぶり、黒光りする甲冑《かっちゅう》を身につけ、兵を率いる千寿の姿だった。それはまさしくこの国の女王にふさわしいかもしれない。千寿ならどんな男にもひけをとらない。むしろ、神々しくすら見えるだろう。だが――。

「そんなことになったら、この国は南蛮のものになってしまいます。そんなこと、千寿様が望むわけがない」

国の中の争いだけでも、民がどれほど疲弊していることか。そこに異国の勢力が加われば混乱は必至だと、晴姫にもわかる。

「では我々は大野木という男から、千寿殿を取り戻せばいいのだな」

この時点ではさすがの幻刃も、捕まった千寿がすでに逃げ出して、伏見城《ふしみ》で弟の拾丸《ひろいまる》を助けた、などということまではわかっていなかった。

「さあ、おとなしく捕まっているようなタマでもない。あれのことだから、何かすごいことになっているかもしれないな……」

幻刃は面白がるように笑っている。忍びとしての腕は確かなようだが、この男はどこか軽い。それとも忍びというのは皆こういうものだろうかと、晴姫は不思議に思う。

だが、幻刃は約束どおり、千寿のことを教えにきてくれたのだ。

話を聞いてすぐ、撃ったこともない鉄砲を摑《つか》むと、晴姫は強引に幻刃のあとに続いた。

もちろん、父の許可など得られるわけがない。家出のように飛び出してきたが、すぐに謙吾が追いついてきた。謙吾も実のところは、千寿の安否が気になっていたのだろう。

幻刃は迷惑そうだったが、二人を突き放すようなことはしなかった。

そういえばこの忍びも、妙に千寿のことに詳しい。使命で追いかけるにしては、千寿本人をよく理解しているような口ぶりだった。

「幻刃殿は、千寿様とは陸奥の頃からの知り合いなのですか」

ふと晴姫が訊くと、幻刃はどこか居心地悪そうに返事をした。

「……まあ、そうだな」

「では、平六という方を知っておられますか。千寿様と親しくなさっていたという」

幻刃の視線が泳ぐ。

「……千寿に撃ち殺されそうになった男だ」

「え、男女の関係ではなかったのですか」

幻刃は髷のない頭に手をやった。

「いろいろあるのが、男と女だ」

「そうですね……そのようなことを、千寿様もおっしゃっていました」

晴姫は思い出したように小さく肯《うなず》いた。

「でも、わたしはやっぱり千寿様がうらやましい。ごく自然に殿方を好きになって、喧嘩もして。千寿様は誰とでも対等です。豊臣の姫でも女猟師でも、何も変わらない」

晴姫の千寿への傾倒ぶりは、男二人をいささか複雑な思いにさせたようだ。だが、鼻白む男たちの様子は、晴姫の目には入らない。

「伊達様は千寿殿の出生を知らなかったのだろう。知っていたらどうしていた？」

謙吾が訊《たず》ねる。

「さあな。殿の考えることはわからん。もしかしたら、大野木という男のように利用しようと考えたかもしれんな」

幻刃はわずかに考え込むように言った。

秋の空は変わりやすい。今は晴れていても、半刻先にどうなっているかはわからない。

火薬作りの隠れ里へと急ぐ。

「この山らしいが……なにしろ知られていない村だ。つまり侵入者は始末してきたってことだろうよ。くれぐれも気をつけろ」

目の前の小高い山を見上げて幻刃が言う。瀬戸の内海に面した形で、半分切り落とされたような崖《がけ》だった。

「これはいい眺めだ。島津《しまづ》あたりの水軍もそこと争う海賊も、どちらもここの火薬を買っていたかもしれんな」

木々の間から海が見える。

京からほとんど休まず歩き続けたのだ。さすがの晴姫もしゃがみこみそうになるほど疲れていた。膝が笑う。ぐらりと倒れかけたとき、前方に小さく人影が見えた。

逆光になっていてわかりにくいが、鉄砲を構え、こちらに銃口を向けている。幻刃と謙吾は敵とみなし、さっと刀を抜こうとしたが、晴姫は歓喜した。

「千寿様っ」

その叫び声に、鉄砲を持った人影が構えを解いた。

「晴姫か」

千寿が駆け下りてきた。同時に晴姫も駆け上がる。さっきまで動かなかった足が、今は動いた。背の高い千寿に抱きつくと、無事でよかったとわんわん泣きだした。

「なぜこんなところに――幻刃、おまえか」

晴姫を抱きしめながら、彼らを連れてきた忍びを睨《にら》みつける。

「おれは大野木を始末しに来た。こいつらは勝手についてきただけだ」

千寿は晴姫の泣き顔に優しく語りかける。

「姫……ここは危険だ」

「はいっ。千寿様、兵が来ます。早くこの山から出ないと戦に巻き込まれます、一緒に」

晴姫はここで千寿に会えたことを天に感謝した。あとは一刻も早く山を下りるのだ。

――が、千寿は困ったようにかぶりを振った。

「すまぬ、姫。わたしはこれから、その豊臣の兵と戦うつもりなのだ」

晴姫はあっけにとられて千寿を見た。幻刃も謙吾も絶句している。大野木双悦という悪党から、千寿を助けだすために来たのであって、三人とも豊臣軍と戦うなどまったく想定していない。

「太閤の兵が狙《ねら》うのは、火薬作りの村だ。村には女や子どももいる。助けようと思う」

これは天が与えてくれた機会に違いないと晴姫は思った。ここで太閤への遺恨を晴らさなければ、一生悔やむことになる。

「千寿様が戦うなら、わたしも戦います。太閤は許せない。少しでもこの手で――」

「姫……太閤が憎いか。ならばわたしを殺せ」

千寿が、思い切ったように言う。

「わたしは太閤の娘だ。わたしは……太閤を止められなかった」

苦く答える千寿に、晴姫は涙を拭いて笑った。

「やはり、駒姫《こまひめ》たちを助けようとしてくれたのですね」

太閤は千寿にとっても母の仇《かたき》。その男に頭を下げて命乞《いのちご》いをしてくれたのだ。

すでに事情を察している晴姫に、千寿は少し驚いたような顔をし、ゆっくりと肯いた。

「わたしは駒姫に会った。まだ子どものような顔をして、自分が死ぬのが最上《もがみ》のためだと言った。……なんとしても助けたかった。駒姫たちの死はわたしにも責めがある。太閤は関白の胤《たね》を絶つことに執念を燃やしていた。父親も知らぬ間に生まれたわたしの存在がそう思わせた……母ではなく、わたしこそが魔女なのかもしれない」

千寿の言う〈まじょ〉というのが何かはよくわからない。それでも晴姫はちぎれそうなほど激しく首を横に振った。

「馬鹿にしないでください。わたしが憎いのは太閤です。千寿様はわたしにとって、姉にも等しい、大切な人です」

自分を納得させたかった。わだかまりなんかないと思いたかった。

「攻めてくる豊臣の兵も同じだ。誰かの親や子だ。ここでどんなに兵たちを殺しても、太閤は痛《いた》くも痒《かゆ》くもない。守るためだけに、生きるためだけに戦う。勝手な言い分かもしれないが、姫にはそうあってほしい。それができないなら、巻き込むわけにはいかない」

千寿に諭され、晴姫はしばし呆然《ぼうぜん》とした。見透かされている。このお方はわたしがどれほど太閤を憎んでいるか、痛いほど知っている。

「柄にもなく偉そうなことを言ったが、たぶんわたしはただ姫に恨まれたくないだけなのだと思う。それでも、姫に討たれるなら本望だ……遺恨はそれで終わりにしてくれるか」

皆が固唾《かたず》を呑《の》んで見守っていた。邪魔することは謙吾もできない。

「怨嗟《えんさ》に囚《とら》われている自分が嫌いでした……千寿様をお助けするために戦います。だから帰れと言われてもお断りです。出羽《でわ》の女の強さを見せつけてやれと言った駒姫に、報いなければなりません。ここで戦えなければ、この先だって熊谷を守ることはできません」

千寿の胸に顔をうずめ、晴姫は泣きじゃくった。そのとき――。

「さすがは我が娘、よく言った！」

木々の間から声がした。驚いて顔を上げると、熊谷成匡《なりまさ》と四名の家臣たちが山を登ってくるのが見えた。

「父上……」

追いかけてきてくれたのだ。いずれも百戦錬磨の侍たちである。腕が鳴るとばかりに、笑みを浮かべていた。

「千寿殿。豊臣との戦い、この熊谷成匡も加わらせてもらう。千寿殿に受けた恩義はお返しいたす。最上殿に成り代わり、ご息女と奥方の無念を晴らさねばならぬ。……おっと、これは遺恨ではなく、武士の大義。ご理解願う」

熊谷成匡とその家臣らは、おーっと勇ましい声をあげた。

「豊臣とは一度、やり合ってみたかったわ」

「おうとも、我が姫を泣かせたこと、許すわけには参らぬ」

成匡の家臣らが待ちきれないように、ぐるぐると腕を回した。

あっけにとられている若い連中の前で、年配の侍たちが意気軒昂《いきけんこう》なところを見せる。成匡は振り返って、大真面目《おおまじめ》に訊ねた。

「ところで、南蛮では勇ましい女の武神を〈まじょ〉というのでござるか」


女二人の戦いに、八人の援軍が現れた。

戦慣れした武将たちが戦術を練り、枝や石を組み、手際よく簡単な要塞《ようさい》を造りはじめた。ぐっと戦らしくなってくる。

「お館《やかた》様は、姫を止めに来てくださったのではないのですか」

血気盛んな成匡らの様子に、若い謙吾のほうがついていけない様子だ。

「そのつもりだった。だが、事ここに及んで尻尾《しっぽ》を巻いて逃げたとあっては、出羽の荒熊《あらぐま》の名が泣くわ。熊谷とわかるようなものは身につけておらん。死んでもただの浪人よ」

さようさよう、と家臣らが笑った。

「儂《わし》には跡取りの成嘉《なりよし》がいる。成茂《なりしげ》も残っている。儂がいなくなろうとも熊谷は負けぬ」

成匡は、嫡男と婿養子に行くことが決まっている三男の名を挙げた。

力強い援軍を得たのは喜ぶべきことだが、熊谷家に損害を与えたくない。どうしたものかと千寿は考え込んでいた。

しかし、帰るように言ったところで聞いてくれる相手ではない。その無謀、ありがたく受けることにした。歴戦の強者《つわもの》たちがいてくれるだけで、この勝負にわずかなりとも勝ち目も見えてきたのだ。

「謙吾……儂の身に何かあれば、晴を頼む」

成匡がごく小さな声で言った。聞こえないようにしたのだろうが、それは誰の耳にも届いていた。謙吾は思い詰めた顔で肯いていたが、おそらく胸の内では「お館様も姫様も私が守ります」と誓っていただろう。だから、晴姫も家臣たちも聞こえないふりをした。

……それぞれに、想いがある。

「大野木の始末が、おれの仕事だったんだが」

行きがかり上、一緒に戦うはめになってしまった幻刃だけは、いささか釈然としない。

「言っただろう。大野木はわたしがやった。だから代わりに手伝え。おまえは弓も鉄砲も使える。いい戦力だ、こき使う」

千寿の言いように、幻刃は舌打ちした。それでも厭だとは言わなかった。

「いよいよ危なくなったら逃げるからな」

「それでいい」

京の大野木邸には火器類もかなり保管されていたようだが、そちらはとっくに押さえられているだろう。摂津の屋敷が焼かれたというのは、先ほど幻刃から聞いた。

千寿は鉄砲を一丁渡した。お紋が村からくすねてきた火縄だ。

幻刃はまず構えてみた。重さ、引き金の固さなどを確認する。

今更巻き込みたくないなどと言う気は千寿にはなかった。この男は忍びだ。戦においてならいつでも死ぬ覚悟ができている男だ。

千寿の〈でうす〉と、晴姫が持ってきた分とを合わせて、鉄砲は七つ。晴姫と謙吾に仕込みをさせれば、射撃手は撃つことだけに専念でき、火縄でも流れがよくなる。

晴姫は撃てなくても鉄砲の練習を続けていたらしい。

「でも、あのときの炮烙玉の人が、千寿様の妹分だったなんて奇遇ですね」

落ち着いてからそれに気づいたようだ。まさかこんなところで会うなんて、と二人とも驚いていた。こんなときでなければ若い娘同士、話が弾んでいたかもしれない。

「妹分なんかじゃないよ。単なるなりゆきさ」

年下というだけで妹分にされてはかなわないというように、お紋はすぐに言い返した。

「しかしあんたも、変なお姫様だね」

「それ、小さい頃からよく言われて……あ、お紋さん、あとで火薬の作り方を教えてください」

「いいよ、姫様にはきついと思うけどね」

お紋は人の悪い笑みを浮かべていた。

「なぜこのように穴を掘った？　これではろくに動けない。戦いにくくはないか」

謙吾が千寿に訊いた。穴の周りを囲むように要塞はできあがっていた。

しゃがむと隠れるくらいの深さのものと、身体《からだ》を伏せるための浅く広いものがある。敵を罠にかける落とし穴とは別に、身を守りながら戦うために掘った穴だ。後の世で塹壕《ざんごう》と呼ばれるものに近い。千寿は答えた。

「これはまともな戦ではない。熊谷殿の加勢があるとはいえ、数では圧倒的にこちらが不利なのだからな。さっきも言ったが、村人を逃がすための時間稼ぎが最大の目的だ。とにかく、ここで豊臣を足止めしなければならない。まともに斬《き》り合いなどしていたら、あっというまに決着がついてしまう。そういう手段をとるのは最後の最後だ。まずこちらは主に鉄砲と炮烙玉で寄せつけないように応戦する。ひたすら撃って、簡単に死なないことだ」

息を呑む謙吾に、成匡も重ねて言う。

「こういう戦はしたことがないが、大将の言われるとおりだ。負けぬが、勝ちだ」

成匡は千寿をこの戦の大将と認め、謙吾にも指示に従うよう改めて戒めたのだった。

お紋がぽんと謙吾の肩を叩《たた》いた。

「悪いねえ。なあに村の連中が逃げたら、こっちも逃げる。おめおめ死ぬ必要はないよ。そんなに悲愴《ひそう》な顔をすんじゃないよ、男だろ」

お紋にからかわれ、謙吾は顔を赤くする。剣や槍《やり》なら並以上の腕を持つ謙吾も、飛び道具となると心許《こころもと》ないのだ。よってここからは補助に回ることになる。

「おのおの方には感謝の言葉もない。この千寿に命を預けていただきたい」

「おうとも！」

千寿の言葉に、皆が声を揃《そろ》えて返した。

自分は豊臣の姫だ。もし捕獲されても一人だけは処刑を免れる可能性が高い。だが、他《ほか》の者たちは違う。だからこそ、ここで誰よりも死ぬ覚悟をしなければならない。

「おまえと関わるとろくなことはないな。髷は吹っ飛ばされるし……」

ぼやく幻刃の脛《すね》を、千寿は容赦なく蹴《け》る。

「惚《ほ》れたおぬしの負けだ。昔の女にいいところを見せろ」

まさかおまえが〈平六〉だったのか、というように謙吾が半ば呆れて振り返った。

「……意外です」

晴姫も呆然とつぶやく。千寿の口ぶりから、平六はとうに死んだと思っていたのだ。

「若気の至りだ」

千寿はそう適当に答えつつ、子どものことは言うなよ、とお紋に目配せした。お紋は釈然としない顔で渋々肯きながら、話題を変えた。

「そろそろ未《ひつじ》の刻だね。奴らが攻めてくるのは明日なんじゃないかい」

「それはわからん。百五十人ほどの村だったな。そのうち半分は女と子ども。征伐は簡単と思っているだろう」

千寿の言葉にお紋は唇を嚙《か》む。

「村の男たちのほとんどは鉄砲を使えるけど、立《た》て籠《こ》もったところで火をかけられれば、残った火薬があるだけにえらいことになる。……でも、降伏は無意味だ。捕まれば赤ん坊だって殺されるんやろ。関白の子どもだってそうやった」

処刑場の情景を思い出して、晴姫と謙吾も俯《うつむ》いた。

「……だろうな」

弟──拾丸は助けた。今度はお紋の村を助けるのだ。豊臣側なのか、豊臣に仇なす側なのか、傍《はた》から見ればわけのわからない女だろう。だが千寿の中では筋が通っている。

「わりと穴が掘りやすかったところをみると、このあたりの地盤はそれほど硬くはなさそうだが、どうだ？」

「嵐《あらし》で何度か崖崩れがあったよ。だからこんな形をしてるんだろうね」

地形を考えても、攻めてくるとしたら、こちら側からしかない。向こうは戦とすら思っていないだろう。罪人を狩りにくるだけだ。搦《から》め手《て》などない。

千寿は考えた。口に出せること、出せないこと……。

「来るぞ」

幻刃が地面に耳をつけたまま告げた。近づく大勢の足音が聞こえたのだ。緊張が走る。

「空や湿り気の具合からして、今夜から雨が降りそうだ。だとすれば、向こうも日が暮れる前に来るとは思っていた」

千寿がそう言うと、お紋が走った。

「村に行ってくる。あいつらが早く逃げてくれるのが一番だからね」

「村の連中は、なぜさっさと逃げないのだ」

謙吾は怒っていた。戦の覚悟はできても、見ず知らずの村人たちの行動には納得がいかないのだ。

「大野木もいないというのに……奴らさえ昨日のうちに逃げてくれれば、こんな戦はしなくてよかったはずだ」

「今まで暮らした場所を捨てるとなれば、決心に時間がかかるものだ。家も田畑も思い出も捨てるのだからな。追われて初めて動ける。わたしが暮らした尼寺もそうだった。火が放たれるまで誰も動かなかった。皆、心のどこかでまさかという気持ちがある」

千寿は村人に代わってそう答えた。火の村の者たちが皆、お紋のような経験をした末にそこへ流れ着いたのなら、生活を守りたいのは当然のことだ。

(豊臣の世が代々安定していけば、戦で追われる者はいなくなるのか。あの糞親父《くそおやじ》はそこまで考えて両手を血で染めてきたのか)

いずれにしろ、天下の基盤とまともな後継者を残した者が勝つのだ。

「生きて、出羽に帰ります」

決意を表すように、晴姫は顔に土をつけた。それから穴に潜る。

「けっこう」

千寿は銃を構え、腹ばいになった。楯《たて》にした枝の間から銃身を出す。

最初の一発でまず一人、確実に仕留めて敵の度肝を抜くのだ。


村はいつにもましてひっそりとして、それでいてどこかざわめいていた。昨日、お紋が言ったことが皆の耳に入っているのだ。

お紋はもともと、ここでは浮いている。それでいて容赦なく侵入者を仕留めるなど、村への貢献度が高いことは誰もが認めてもいる。しかしまだ若く、しかも女だ。態度もいいとはいえない。その言葉を信じるのも、一蹴《いっしゅう》するのも難しい判断だった。

村に着いたお紋はその足で、村長の家に入った。

「豊臣の兵が麓《ふもと》まで来ているんや。今すぐ村の連中を集めてここから出ろ！」

小娘に詰め寄られた老人は、固く口を結んでいる。思考するように目を閉じた。

「お紋、おまえいい加減に――」

そう言いかけた息子の要蔵《ようぞう》の胸ぐらを、お紋は乱暴に摑む。

「大野木は頭を撃ち抜かれて死んだよ。捕まった小倉《おぐら》は全部べらべらしゃべって、首刎ねられるのを待つだけだ。火薬を買っていた客にとっても、ここはもう消えてほしい村なんだよ。悔しいけど逃げるしかないんだ。三条河原《さんじょうがわら》で磔《はりつけ》になりたいのか、釜《かま》ゆでにされたいのか？　目の前でおまえの息子が処刑されていいんか⁉」

その迫力に要蔵は圧倒された。反論を言いあぐねていると、村の男が駆け込んできた。

「来た来たぁ、太閤の軍だ！　こっちに向かってくる。たぶん二百から三百……！」

村長が偵察させていたのだろう。泡を吹いて訴える男に村長親子は青ざめた。

「これで……わかったろ。南の外れの一本松。あそこに縄ばしごをかけておいた。そこから降りて海に沿って全員逃げろ。あたしは仲間と一緒に少しでも食い止める。いいな？」

村長が、がくがくと肯いた。

「おれたちは大野木様に言われて火薬を作っただけだ。豊臣に仇なすなんて……ぐっ」

まだなにかもごもご言っている要蔵の腹に、お紋の拳《こぶし》がめりこんだ。頭にきたのと、昨日の腹への蹴りのお返しだった。

「やかましいっ。太閤の爺《じい》さんにそんな言い訳きくかよ。早くみんなを連れて逃げろ。いいか、女や子どもが先やからな。おまえが最後だ。海のほうへ逃げるんだ」

村長は曲がった腰を伸ばして外に出た。集まっていた村人に叫ぶ。

「豊臣の兵が来る！　逃げるしかない！」

村は大騒ぎになった。それでも、村長親子が動いて誘導が始まる。

（やっとかい……こいつらは）

お紋は焦っていた。自分はともかく他の連中は行きがかりで協力してくれているのだ。村人が早く逃げられるかどうかに、命がかかっている。

前線に戻ろうとしたお紋のもとへ、村長の孫息子が駆け寄ってきた。大きな布袋をお紋に差しだす。

「これ、おとうが隠してたの。太閤なんかに取られるくらいなら、全部使ってくれよ」

袋の中にはぎっしりと炮烙玉が入っていた。すべて陶器でできているのでかなり重い。

「また会えるよね、紋ねえ」

お紋は炮烙玉の袋を担ぐと、思いきり不敵に口の端を上げた。

「あいつらぶっ飛ばしたら、あたし贅沢三昧《ぜいたくざんまい》の南蛮旅に出るんや。だからこれでお別れ。おまえはみんなをしっかり守りな」

3

最前列の兵が見えた。予想以上に数が多い。

向こうは斜面を登ってくる。こちらは斜め上から隠れた状態で鉄砲を撃つ。数では圧倒的に不利だが、地の利はある。

まだお紋が村から戻ってきていないが、もう始めるしかない。

千寿は兵の一人に狙いを定める。これは戦いだ——躊躇《ちゅうちょ》なく引き金を引いた。

戦いの火蓋《ひぶた》を切る銃声が、山に響き渡る。額を撃ち抜かれた兵が後ろに倒れ、そのはずみで数人が坂を転がった。すぐさま千寿は二発目を放った。幻刃も続く。

屋根の上では熊谷の家臣の二人が、矢を放っていた。

「敵襲だ！」

「うろたえるな」

虚を衝《つ》かれた敵が浮き足立つ。

豊臣の兵がわっと散り、それぞれ木の陰に隠れた。槍を持った十数人が駆け上がってくる。千寿はすぐに弾丸を装填《そうてん》し、一人一人倒していく。

幻刃は晴姫に火縄の仕込みを任せるが、それでもまとめて迫ってこられると仕込みが追いつかない。

「でぇいっ」

穴に近づいた兵を謙吾が槍で突く。

幻刃は炮烙玉に火をつけると、思いきり放り投げた。爆風で人が飛ぶ。これが大いに敵を怯《ひる》ませた。向こうは火の村の連中が反撃していると思っているだろう。それだけに、どれほどの炮烙玉を持っているのか、正確な判断ができずにいるのだ。

実際には今ある炮烙玉は十数個。効率よく使わないとすぐに尽きる。

「何やってんだい、撃って撃って撃ちまくりな！」

お紋が戻ってきた。土産《みやげ》だよ、と炮烙玉の袋を謙吾に渡した。大量の炮烙玉に幻刃が口笛を吹いた。

「こいつはいい」

「隠し持ってた奴がいてね。村の連中は崖から海に出て逃げる。あと半刻くらいは足止めしたいね」

千寿の隣に陣取り、すぐさま銃を構える。

「取り囲まれると厄介だ。村へ走る兵も出てくる。一人たりとも——通すな」

千寿はそう言いながら、正面と脇《わき》へ走った兵を続けざまに射殺した。

「おまえ、それ、なんでそんなに続けて撃てる？」

殺し合いはしたものの、千寿の射撃をまともに見ていなかったお紋は驚く。

「その奇妙な弾はなんや？」

しっかりと紙に包まれた楕円《だえん》形の弾丸。そんなものは誰も見たことがないだろう。弾丸と火薬を紙に包んだ早合《はやごう》というものはあるが、これはそれとは違う。

「これはこの銃専用のものだ。弾丸と火薬、点火するための火薬が全部一体化している。銃口ではなく、後ろから入れてやる。だから早くて簡単だ」

「ふざけたらあかん、そんな銃があるかい。いったいどないなって火がつくのや」

「だから、火花が飛ぶようにして、ええっと針で火薬をどうにか――って、そんなこと説明している場合か。とにかくそういう銃だということだ」

どういう仕組みか、など千寿にもよくわかっていない。専用の弾を一個一個作るので、手間もある。なによりひどく癖が強い。他人にはとても勧められない銃だ。

（ずいぶん苦労した……何度破裂したか）

仮に量産するにしても、まだまだ改良は必要だろう。それでも小三郎は鉄砲造りにおいて神だった。生まれる時代を間違えたのかもしれないと思う。

「あのときはわざと一発一発の間をあけたのか」

不機嫌そうにお紋が言う。千寿は肯いた。

「おまえが撃ったらこっちが撃つ。続けて撃つことはしない。そう決めて戦った。一対一なのに一方だけありえないような銃を持っているのだから、それくらいは当然だ」

お紋は唸《うな》った。なめられていると思ったのかもしれない。だが、今はそんな感情に囚われている余裕も時間もない。

「……その鉄砲を土産にすれば、殿もさぞ喜ばれるだろうな」

つぶやく幻刃を睨みつけ、千寿は銃口を向けた。

「欲をかくと、髷の代わりに今度は頭が吹っ飛ぶぞ」

おまえならやりかねない、と幻刃は片手をあげた。

「あんたら、なに痴話喧嘩《ちわげんか》してんだい――次！」

晴姫に撃ち終えた銃を渡し、代わりに弾丸と火薬がこめられた鉄砲を受け取りながらお紋が咆《ほ》える。

向こうにも鉄砲はある。矢も飛んでくる。戦いは飛び道具を中心に進んだ。じりじりと間合いが狭まってくる。練り上げた戦法どおりに戦っているが、数の差はいかんともしがたい。柵《さく》を乗り越えてくる敵が増えてきた。

「寄らば斬る！」

雄叫《おたけ》びをあげて兵を斬り捨てていく謙吾はわずかに笑っていた。半ば自棄《やけ》になっているのか、それとも初めての戦に侍の血が騒いでいるのか、いずれにせよ頼もしい武将になるだろうと千寿は思った。

秋の山が、地面まで赤く染まっていく。敵は死体を乗り越えて迫ってくる。

まんまと数人が落とし穴に落ちた。踏むと落石する仕掛けを作ったのは幻刃だ。これもかなり効いている。これらに恐れをなしてか、敵の進撃が鈍った。その分、さらに飛び道具に切り替えたのか、降るように矢が飛んできた。

矢が穴にいた晴姫をかすめた。謙吾は震える姫をすぐに自分の背中へ回した。代わりに矢を喰《く》らい、片方の耳からはだらだらと血が流れている。

姫を守る謙吾と、震えながらも歯を食いしばって自分の仕事をする晴姫の姿は健気《けなげ》だった。だが、炮烙玉を受けた敵兵の身体の一部が目の前に落ちてきたときは、さすがの晴姫も悲鳴をあげそうになった。

「こらえてっ」

謙吾が抱きかかえるように晴姫の口を押さえた。いい判断だ。

ここで少女の悲鳴が聞こえるのはまずい。若い娘が戦っていると知れば、向こうは一気になだれ込んでくるだろう。穴を掘り、姿が見えないようにして戦っているのは、相手に人数と性別を知られないためでもあるのだ。

これ以上の乱戦になると、剣も槍も使えないお紋と晴姫では無理だ。二百人を超える兵をわずか八人で止めることなどできない。

武人の意地を見せていた熊谷の男たちも、山賊に襲われたときの傷がまだ癒《い》えていない。成臣ですらときどき肩を押さえている。

頭上から呻《うめ》くような声が聞こえ、どさりと誰かが落ちてきた。

「惣兵衛《そうべえ》！」

成臣が血を吐くように叫んだ。

屋根の上で矢を放っていた家臣が敵にやられたのだ。初めての犠牲者にこちらの攻撃の手が止まりかける。

「ひ……ひるむなっ」

いまわの際に味方に活を入れると、惣兵衛は絶命した。戦国の世を生き抜いた武将の死に様に、一同はにわかに我に返った。

「無駄にはせん、無駄にはせんぞ。この戦、必ず制する」

成臣は歯を食いしばって矢を射た。

「ごめんよ……お侍さん」

お紋は火縄の引き金を引いてつぶやく。彼はなんの義理もない村のために死んだのだ。

「いよいよ危なくなったら、村まで撤退したほうがいいよ。そろそろみんな崖を降りた頃だと思う。村の入り口なら道が狭まっていて、あっちも一人二人ずつしか入ってこられない。炮烙玉で蹴散《けち》らして、敵を怯ませてから崖を伝って、村の連中と同じ道を辿《たど》ればいい。大野木の手下っていったって下っ端なんだから、そこまで追ってこないだろう」

お紋はそう言うが、千寿は必ずしも賛同できなかった。大野木は南蛮勢力と組み、国を奪おうとした男。若君を殺そうとしたのだ。その一味と目されたなら、相手はどこまでも追ってくる。太閤にすれば大野木を殺し、村を制圧して終わる話ではない。

二度と拾丸に手を出そうなどと考える輩《やから》が現れないように、関白の一族を根絶やしにした以上に、徹底的に粛清してくる。その非情さこそ、秀吉《ひでよし》が今の地位にいる所以《ゆえん》だ。

だが、千寿は肯いてみせた。

「そうだな」

そのとき後ろに気配を感じた。はっとして振り返る。数人の敵が大きく山を迂回《うかい》し、千寿らの背後に回っていたのだ。

「こいつらは女だ。わずかしかおらぬ」

敵兵が叫びながら、うつぶせになっていた千寿めがけて槍を振り下ろしてきた。

さすがの千寿もこれまでかと、思ったその刹那《せつな》、兵が首を撃たれてどうと倒れた。

「姫……！」

千寿を救ったのは晴姫だった。すぐには正気に戻れず、火を噴いたばかりの鉄砲を抱えたまま硬直していた。

近づいてきた敵はまだいる。すぐさま、謙吾が姫をかばうように槍で仕留めた。お紋は火縄で、幻刃は炮烙玉で応戦する。

「やるじゃないの、お姫様」

危機を脱し、お紋は額の汗を拭《ぬぐ》った。晴姫に、撃った鉄砲を渡す。

初めて人を殺した衝撃に、晴姫は唇を震わせながらも、気丈に火薬と弾丸をこめた。

「大事なものを守るためなら、わたしも何人でも殺します……だから自分が殺されても文句は言いません」

以前はほとんど足手まといだったはずの少女は、今や武人になっていた。

この武人は熊谷家にとって得がたい宝になるだろう。ならば尚更《なおさら》、娘を愛してやまないあの父親から奪うわけにはいかなかった。

「助かったぞ、晴姫。おぬしも狙撃《そげき》に加われ」

「はい！」

千寿の言葉に表情を明るくした晴姫は、お紋の鉄砲の仕込みをしながら、撃ち方にも加わった。まだ命中率がいいとは言えないが、貴重な戦力となる。

弾丸と火薬の残量に不安が出ると、幻刃は攻撃を弓に変えた。鉄砲よりこちらのほうが得意らしく、しっかり当てていく。だが、数の違いは確実に千寿らを追い詰めていった。

やがて飛んできた矢に二人目の犠牲者が出た。一番年齢が高かった熊谷の家臣だ。晴姫がたまらず涙を拭う。成匡はひざまずくと、亡骸《なきがら》に声をかけた。

「甚右衛門《じんえもん》……熊谷の誇りだ」

彼らはここで死ぬことに悔いはなかっただろう。それでも全員、生きて帰ってもらいたかった。千寿は味方の屍《しかばね》から刀をもらう。ここらが退き時《ひどき》だった。

「そろそろ限界だ」

幻刃が千寿に囁《ささや》いた。わかっている、と千寿も肯く。

「村に退く。お紋、案内しろ。わたしはしんがりにつく」

そう言ってから、幻刃に小声で告げる。

「弓を貸せ。それと火種を」

弓を受け取り、残った焙烙玉が入った袋を担いだ。

「焙烙玉を投げつけながら退くなら、おれがやる」

幻刃は自分のほうが投げる距離を出せると言うが、千寿は首を横に振った。

「謙吾と一緒に晴姫を守れ――晴姫」

「はい？」

撤退の準備をしていた晴姫が振り返る。

「もし、戦いの混乱でわたしの行方がわからなくなったら、陸奥の鳳林寺《ほうりんじ》という山寺に迎えにきてくれ。そこにわたしはいる」

晴姫は息を呑んだが、黙って肯いた。

炮烙玉の勢いだけで退く。

山肌に屍が散らばっているのを眺めながら、千寿は歯を食いしばった。先ほど脇腹《わきばら》を敵の槍がかすめていたのだ。それを悟られないうちに撤退を決めた。

十九年――それほど短くもなかった。

いろいろあったが存分に楽しんで生きてきた。少しだけ惚れた男もいた。母となった。戦うだけ戦った。つまりはこれが自分の生き方だった。

誰もいない集落が見えた。つい先ほどまで人がいたことがわかる生活の跡がある。

迫ってくる足音に、千寿は気合もろとも敵兵を斬り捨てた。晴姫とお紋、まだ怪我《けが》が癒えていない成匡らを先に行かせるため、千寿と謙吾と幻刃で敵を防ぐ。脂で刀の斬れ味が鈍る。殺した兵から奪い、また斬っていく。

「通すものか！」

謙吾は叫ぶ。おそらく敵にではなく、おのれを鼓舞するために言ったのだ。

「謙吾、おまえは行け」

「ふざけたことを。千寿殿に負けたら、おれは侍ではない」

答えながら、叩き斬る。

「おれに行けとは言わないのか」

幻刃の頭も血で赤く染まっていた。

「逃げたければ止めない。だが、できればおまえは付き合え」

幻刃は笑っていた。笑いながら斬り捨てる。修羅場に慣れているであろう忍びも、もういい加減、身も心も限界らしい。

自分の血か敵の血か――千寿も赤いのは髪だけではなくなっていた。ここが最後かと思ったとき、頭上で鉄砲が火を噴いた。迫ってきた敵が幾人も倒れる。

「早く入れ。門を閉めるぞ」

見上げれば、門の上で数人の村の男たちが火縄を構えていた。村長の息子である要蔵とその腰巾着《こしぎんちゃく》たちだ。ぎりぎりまでお紋たちを待っていたらしい。

「なんだ、とっくに逃げたかと思ってたよ」

「やかましいわ、おまえもさっさと逃げろ」

お紋の憎まれ口に、要蔵が怒鳴り返している。

「大八車が置いてある。その後ろ、あそこは落とし穴だ。避けていけ」

「へえ、気が利くじゃないか」

お紋は嬉《うれ》しそうな顔で振り返ると、ついてきな、と皆に指示した。

「さあ、逃げるよ。こいつはいけすかない野郎だけど、どうやら男の意地を見せてくれたらしい。——姫様、先に行きな」

口は悪いが歓喜は隠せない。お紋は初めて村を好きになれたのかもしれない。

「皆様、ありがとうございます。どうかご無事で」

晴姫が門の上の要蔵たちに声をかけた。育ちのよさそうな娘が自分たちを守るために戦っていたのだと知って、要蔵は目を丸くしたが、すぐに照れたようにこくりと肯く。

「生きて戻るぞ。火薬はもうこりごりだ。今度は大根でも作るか」

要蔵は仲間に声をかけた。

「こっちだよ、降りたらまっすぐ南へ。何があっても止まらず走るんだよ！」

お紋が先頭になって走った。

千寿たちは炮烙玉で敵を牽制《けんせい》し、村の門を閉めた。すぐさま内側から太い材木で押さえつけ、門を固める。あとは要蔵たちと共に崖へ走った。

海が見えてくる。一本松の縄ばしごまでくると、お紋は謙吾に降りるように言った。高さに一瞬臆《おく》した晴姫を安心させるために、下で誰かが待つ必要がある。

「先に参ります」

そう言って、謙吾は縄ばしごを確かめるように一歩一歩降りていく。かなり丈夫に作られてはいたが、すでに村人が大勢使ったあとなので、細くなっているところがあった。

「一人ずつ降りないと危険です。あとから来てください」

謙吾は晴姫に向かって叫んだ。

海と風が音をたてる。天候が崩れはじめているのだ。

晴姫が降り、お紋に促されてそのあとを要蔵らが続く。

「しんがりはあたしが、って言っても無駄だろうね」

お紋の言葉に千寿が「当たり前だ」と肯いた。

「じゃお先に。言っておくけど、待たないよ。あたしはとっととカラスコんとこに逃げるからね」

捨て台詞《ぜりふ》を吐く。このあとの自分の居場所を教えるためだ。

戦においてしんがりは最も強い武将が務める。厭でも千寿という女を認めるしかない。

「早く戻って、報告しないとな」

借りは返したとばかりに幻刃もはしごを降りる。千寿はそれを気にかける様子も見せなかった。

「千寿殿、大将を逃すためにしんがりはいるのだ。儂が引き受けよう。どうか先に」

成臣が申し出た。生き残った熊谷の家臣も肯いている。だが千寿はかぶりを振った。

「それは断る。これより先は熊谷殿が大将だ。皆と降りてくれ。晴姫をお返しする」

「む……」

一国一城の主《あるじ》だ。若い女をしんがりにすることに強い抵抗があったのだろう。だが、千寿がここで曲げるわけがない。成匡はやむなく先に降りた。

熊谷の者たちが半分ほどまではしごを降りたのを確認して、千寿は一度やや村側に戻って炮烙玉を置いてきた。再び崖のほうへ走る。

『海に……近寄らないで』

母の死に際の言葉を思い出す。

——すまん、母上。生き方も死に方も、なかなか変えられそうにない。唯一無二の銃と一緒に、海に消えるしかなさそうだ。なにしろ〈でうす〉はまだこの世には早い。

無事に全員が崖下に降りた。早くしろと、下から成匡が怒鳴っている。応《こた》えるように千寿は縄ばしごを切って、崖から放り投げた。これで敵も降りることはできない。

せんじゅさまあぁぁぁああ——風に乗って晴姫の絶叫が届いた。

——すまん、晴姫。どうか迎えにきてくれ。わたしの血と肉を残した。魂まで込めて。

門はもう破られたようだ。減らしに減らしたつもりだが、まだ百を超える兵が押し寄せてくるのが見えた。千寿は矢尻《やじり》に軽く布を巻き、油をかけ火をつけた。鉄砲ほどではないが、そこは狩人《かりゅうど》だ。弓くらい使える。

追い詰めたと士気が上がったのだろう。兵の野太い声が合唱する。

「騒々しい。貴様ら弱兵など、わたし一人でたくさんだ」

挑発してやる。赤髪の女が弓を構えているのを見て、男たちは驚いていた。置いてきた炮烙玉ぎりぎりまで誘い込み、弦を引き絞る。先端で矢が燃えている。

「参る!」

放った火矢が炮烙玉の入った布袋に突き刺さり、火が移ったかと思ったその瞬間。今までとは比べものにならないほど大きな爆発が起こった。

かなりの敵兵が吹き飛んだだろうが、千寿の身体も宙に弾《はじ》かれていた。

走って、殺して、生きた。最後の最後まで楽しかった。

(おさらば……)

誰に言ったのか、この世に言ったのか。千寿にもわからなかった。

脳裏をよぎったものは、自分によく似た小さな子どもの姿だった。

4

甘い汁をたっぷり含んだ南の島の果実。

どこまでも続く、青い海と空。

まったくもう、どこにそんなものがあるのやら。飲み水はいつ溜《た》めたのかわからないような雨水だ。食い物はカチカチの干物。空はずっと灰色で、海は荒れている。

「お……おえええぇ」

お紋は思いきり海に吐いた。

異国への船旅に花畑な夢を持っていたわけじゃないけれど、考えが少々甘かったようだ。

お紋は青ざめた顔で灰色の空を見上げた。

この船は呂宋《ルソン》へ向かっていた。南蛮人に支配された国だということは知っている。神の前では平等かもしれないが、世界の隅々まで行ってもこの世に平等なんてない。それでもお紋は異国へ渡ることにしたのだ。

あのまま残っていれば、もう一人のるちやを捜し続けてしまう……それは悔しい。

「気をつけてください。そんなんじゃ女人だとばれてしまいます」

じゅりあんに背中をさすられた。

「ふん、男だって船酔いくらいするだろう」

「目立たないようにしてほしいんです。あなたは同じカラスコ様の弟子ということで、船に乗っているのですから」

そのせいでお紋は変な恰好をさせられていた。どう考えても着物に似合わない、丸くてびらびらした襟。しかし、修道士見習いを装わなければ出国が難しかったのは確かだ。これは人買い船ではない。向こうに着くまでは少年のふりをしていなければならない。

「カラスコの立場を悪くするようなことはしないよ」

「ほらまた。どこの世界に、尊敬する師を呼び捨てにする弟子がいますか」

「はいはい、カラスコ様ね。あー、めんどくさ」

弟子たちのそんな様子を、カラスコは微笑《ほほえ》みながら眺めていた。

「呼び方はなんでもかまいませんよ。それにしても自分の国を離れたというのに、あなたはまったく感傷というものがありませんね。じゅりあんは船出のときに泣いていましたが」

じゅりあんが赤くなる。母や兄との別れはつらかったようだ。どこの国の人間であれ、異国に渡るときは、二度と戻れないことを覚悟しなければならない。

カラスコに指摘され、お紋は欄干に頬杖《ほおづえ》をついて答えた。

「あたしには親兄弟がいないからね。その上まどなも千寿もいないなら、どこに行ったって同じだろ」

まんまとあの母子に気持ちを持っていかれてしまった。

「あなたは強い。きっといい母親になるでしょう。向こうで家族をお持ちなさい。日本の人もけっこういますよ」

「ふうん。……でも、男なんかどうでもいいよ」

今はそう思う。いつか惚れた男が現れたとしても、この性格は変わりそうにない。

「カラスコ様……私は切支丹たちが心配です」

じゅりあんは首にかけた十字架を握りしめた。

「そうですね。カテリナ様の呪《のろ》いは近く現れるでしょう。太閤は伴天連を許さない」

カラスコが小さな吐息を漏らす。あの東洋の島国における切支丹の苦難の未来が、彼には見えていたのかもしれない。それを解決できるのは、もはや歳月だけだ。

「カテリナ様は尼寺が焼けて死にかけたとき、悪魔《ディアブロ》の声を聞いたと言っていました。今は生きよ……しかしそれは神の声だったのではないかと、私は思うのです」

十字架を手に、カラスコは再びため息をついた。

「どっちだっていいさ。あたしはまどながが好きだった。あたしの聖なる母だった」

まどなの墓に別れを告げ、お紋は船に乗った。

もし千寿が死んだというのなら、隣に墓を作ってやりたかった。だが、あの女は見つからなかった。あのとき、爆発で海に落ちたのが見えた。遠目にもすぐわかった。その身体は光に包まれていたから。

すぐに爆発の衝撃で崖が崩れ、多くの兵が海へ落ちていった。残った兵も撤退するしかなかった。千寿は皆を追っ手から完璧《かんぺき》に守ったのだ。

『先に行け。おれは捜してくる』

驚いたことに、しばらく呆然としていた幻刃が、止める間もなく海に飛び込んだ。冷たい秋の海を泳いで、やがて見えなくなった……。

千寿も幻刃もそれっきりだ。それからどうなったのかは知らない。幻刃はわからないが、普通に考えたら千寿は死んだのだろう。

（いいのかよ、それで……）

本当に変な奴らだった、と思う。

――いいや、もしかしたら死んだと思わせたくて、姿を現さないだけかもしれない。千寿が亡くなれば、千寿の息子と豊臣をつなぐ線がなくなる。そう考えるような奴なら、そういうこともある。きっとあり得る。そういうことにしておく。

（あの世でまどなと仲良くやってると思うと、癪《しゃく》だしね）

帆が風を孕《はら》み、船はゆく。

お紋は、船の向かう先に光の柱を見た。灰色の空の小さな裂け目。あそこへ行くのだと思うと、少し楽しくなった。

晴姫と謙吾は出羽に帰った。千寿を失ってずっと泣いていた晴姫だったが、諦《あきら》めてはいないようだ。案外、あの子なら千寿を見つけてくれるかもしれない。

――魔女でも天女でも、いろんな女がいなきゃこの世はつまらないじゃないか。

さあ、あたしはどっちになってやろうか……お紋は船酔いを吹き飛ばすように、大きく身体を伸ばした。

あくる文禄《ぶんろく》五（一五九六）年、春。

北国も暖かな色に染まってきた。そして晴姫は出羽にいる。

そういえば、去年の今頃だった。関白の側室になるよう、父に言われたのは。

今は、父が密かに側女《そばめ》に産ませていた姫として屋敷にいる。

熊谷八郎《はちろう》成匡と正室お広《ひろ》の方《かた》の間に生まれた四女晴姫は、輿入《こしい》れ道中で山賊に襲われ、兄宗七郎《そうしちろう》と共に亡くなった。ややこしい話だが、こういうことにしておくのが一番いいだろうと決まったのだ。

名はそのまま晴。晴姫の死を嘆き悲しんだ父によって引き取られ、改名させられたという設定だ。——というわけで晴姫は、今も熊谷家の娘、晴姫だった。母は立場的に少し不満なようだが、それでも息子を亡くした母の悲しみを支えられるのは、晴姫しかいない。

昨年、雪がちらつき始めた時分に、ようやく晴姫たちは出羽の城へ帰ってきた。

母や兄たち、大きなお腹《なか》の芳乃《よしの》、家臣らに迎えられ、晴姫は感極まって泣き崩れた。嬉しいのか、つらいのか、もうわからない。でも、帰ってこられたことで心底安堵《あんど》した。

鳥海山《ちょうかいさん》、子吉川《こよしがわ》、八塩《やしお》のお山——何も変わらない。

（ここがわたしの家……）

改めてそう思った。

すぐにも千寿との約束の寺に行きたかったが、出羽も陸奥も冬。連なる山々を越えていくことはできなかった。霏々《ひひ》として雪が降る奥羽の冬は、すべてが静まりかえり獣も眠る。

苦難の年が明け、雪が溶け、山を越えられる季節になって、ようやく晴姫は陸奥へ向かうことができた。

『千寿様と再会を約束しました。父上は熊谷の姫たるわたしに、恩人との約束を反故《ほご》にしろとおおせですか』

義に厚い父親を黙らせるのはわりと簡単だった。だが、この旅には例によって黒崎《くろさき》謙吾がついてきた。

実のところ、関白との縁組みが無残な形で終わったことで、晴姫の婿に関しては〈身分より人柄〉で両親の意見は一致していた。それが謙吾を指しているなど、姫はもちろん謙吾も知らぬことであった。

つまるところこの旅は、一族郎党公認の婚前旅行である。それほど、二人が一緒にいるのが当たり前の光景になっていたのだ。

一度死んだ娘。鳥のように自由に生きるのもいい。成匡もそのくらいの境地にあった。

「しかし、侍女もつけないというのはさすがに……」

同行しながら、謙吾は首を傾《かし》げていた。晴姫は嫁入り前の姫である。男女二人旅というのはさすがにまずいのではないだろうか、そう思うのも当然だ。

いっそ子作りしてきてもかまわない、とまで開き直っている成匡夫婦の思惑など、謙吾にも晴姫にも想像できるわけがなかった。周囲にどう思われていようとも、そういった話すらしたことがないのが、若い二人の現状なのだ。

「いいじゃない、たいした距離じゃないもの。お紋さんなんか、船に乗って呂宋まで行ってるのでしょう」

「いや、しかし。あの娘と姫とでは立場が」

「違いません。わたしはもう一年前の晴姫ではないし、お紋さんも謙吾も戦友です」

ね、と晴姫は手の甲についた傷痕《きずあと》を見せた。あの豊臣軍との戦闘で負った傷だった。母は嘆いていたが、これは晴姫にとって誇りだ。

「確かに、私もこの一年でずいぶん変わりました」

謙吾は三分の一ほど失った片耳を撫でた。晴姫を守った証《あかし》だ。

晴姫は出発前のお紋から、火薬の作り方を教えてもらっていた。今はまだ試行錯誤の段階で、いいものは完成していない。

(出羽と摂津では、材料の馬の小便も少し違うのかも……)

そんなことを真剣に考える日々だ。

いずれ必ず大きな戦が起きる。熊谷で使うに充分な火薬だけでも作れれば、それは一族を守る力になる。侍女たちにも鉄砲を教えようと思っていた。出産して前よりもっと図太くなった芳乃など、この話に大賛成してくれている。

『わたくしだって、自分の子をこの手で守りたいですもの。強くなければ滅ぶだけです』

もうすっかり母の顔だ。

『いいですか姫様、男の子を授かりたいときは、月のものから十日くらいして、その際の夫婦の形はですね……』

訊いてもいないのに、こっそりそんなことを話すくらいだ。あんなに恥ずかしがっていた芳乃が、と驚いてしまう。これが母の強さかもしれないと、晴姫は大いに感心した。

嫁にいき損ねた晴姫だが、いつか母となる日のためにも強くありたいと思った。

(自分が死んだあとまで、一族がずっと続いていけるくらい豊かにする。強くする)

千寿のあの特別な鉄砲だって、いつか造ってみたい。鉄砲鍛冶《かじ》を出羽で育てたい——晴姫の頭の中には溢《あふ》れるばかりの計画があった。

「……千寿様には、多くを学びました」

子どもの頃、熊《くま》から助けてくれた少年もきっと千寿だったのだ。本人にはごまかされたけれど、今なら確信をもって言い切れる。あんな人が二人といるはずがない。

「まことに」

「わたし、謙吾からも忠義の心を学びました」

少しだけ大人びた顔をにこっとさせて、晴姫はかけがえのない従者を見上げた。

「ずいぶん守ってもらいましたもの」

「……それは、忠義とは違うかもしれません」

主君の娘だからではなく、あなただから——そんな謙吾の気持ちは、少女にはまだ通じない。晴姫は小首を傾げた。

「あ、姫。ほら、もう少しです。あの山の麓《ふもと》でしょう」

どういう意味ですか、と訊かれる前に、謙吾は急いで話題を変えたようだ。

「いよいよですね」

晴姫はまっすぐに山を見据えた。

「姫……、千寿殿がおられなくても、どうか、落胆なさいませんよう」

謙吾が期待をするなと釘《くぎ》をさしてきた。……無理もない。崖の上から爆風で海に飛ばされたのだ。千寿が生きて陸奥に戻ってきているとは、到底思えない。

「千寿殿は我々を逃がすために……覚悟の上だったと思います。あれほどの姫を失ったことは、豊臣にとって致命傷になるのかもしれません」

謙吾の言葉に、晴姫はくるりと振り返った。

「幻刃さんが助けてくれたかもしれない。わたしたちの前に出てくるわけにはいかない理由があるのかも。でも、千寿様は迎えにきてくれとおっしゃったのです。だから、きっとそこで会えます」

晴姫に躊躇《ためら》いはなかった。そこに行けば千寿は答えをくれる。そう信じて歩き続けてきた。春の山を越え、野を歩き、人に訊いて場所を確認しながら、二人はようやく山寺に到着した。——鳳林寺。山に囲まれ、物《もの》の怪《け》が棲《す》んでいそうな古刹《こさつ》だ。

今にも千寿が錫杖《しゃくじょう》を振り回しながら山門から飛び出してくるのではないかと、晴姫は少し緊張した。すると……。

「でぇぇぇい！」

可愛らしい声がして、飛び出してきたのは年の頃三つほどの小さな男の子だった。

小坊主の恰好をしているが、黒々とした髪の毛がなびいている。竹の棒を槍に見立て、えいえいと突いたり振り回したりしている。幼いながら、なかなかに筋がいい。

「むう、おきゃくか」

晴姫たちに気づいて、男の子は可愛らしい顔を上げた。

「あ……客だな、確かに」

言葉を失っている晴姫に代わり、謙吾が答えた。

「けっこう！」

子どもは嬉しそうだった。大きな声でそう言うと、寺の中へ走っていった。

「おしょーおしょー、おきゃく」

元気に住持を呼ぶ声が響く。

晴姫は緩む口元を手で押さえたが、込み上げる感情はどうにもできない。それでもぐいと顔を上げ、希望に満ちた声で言った。

「謙吾、わたし……千寿様に会えました」

飛び出してきた男の子は髪こそ黒いが、顔はそのまま千寿だった。表情も目の輝きも、話し方までも、何もかもが千寿だった。

このとき初めて、晴姫は千寿のすべてを知った気がした。あのしたたかさも美しさも、その理由は何もかもここにあったのだ。

——あの子がいる限り、わたしが忘れない限り、千寿様は生きている。

幼子が老住持を連れて戻ってくる。晴姫と謙吾は深々と頭を下げた。

住持への詳しい話は謙吾に任せ、子どもの前にしゃがんだ。その目を見つめ、小さな手を摑み、晴姫は誇らしく笑った。

「迎えに、来ました」

あとがき

上下二巻、連続発売となりました。

『炎の姫と戦国の魔女』『炎の姫と戦国の聖女』。かつて単行本で発売された作品が、ご縁あっての文庫化です。

何年か前に書いた原稿に改めて目を通すと、いろんな意味でかなり冷や汗が出ます。それでも、こんな素晴らしいイラストがつき、文庫にしてもらえて感激です。強くて麗しい千寿《せんじゅ》たちに会うことができました。

かつて単行本でお目にかかった皆様も、アオジマイコ先生の素敵なイラストとともにもう一度、楽しんでいただければと思います。


どこの国のどの時代でも同じこと。いつの世もどうせ不公平なものです。

戦うか、戦わないか。彼女たちの選択はそれだけで、読み返してもいたってシンプルな話でした。歴史上で現実におこった出来事を点とするなら、点を通過しながら好きな線を描くのが時代小説なのかなと思います。

関ヶ原の戦いの五年前、表舞台に関わらざるを得なかった女性たちにとっては過酷な時代です。それぞれ異なった身分や立場の女たちが出てきますが、誰が魔女で、誰が聖女なのか。それは読んでくださった方の自由な解釈にお任せしたいところです。

お手にとっていただき、ありがとうございました。

中村　ふみ

本書は二〇一三年発行の単行本『魔女か天女か』（椎出版社）を原本とし、
加筆修正の上、改題・分冊したものです。

『炎の姫と戦国の聖女』、いかがでしたか？
中村《なかむら》ふみ先生、イラストのアオジマイコ先生への、みなさまのお便りをお待ちしております。

中村ふみ先生のファンレターのあて先
〒112-8001 東京都文京区音羽2-12-21 講談社 文芸第三出版部「中村ふみ先生」係
アオジマイコ先生のファンレターのあて先
〒112-8001 東京都文京区音羽2-12-21 講談社 文芸第三出版部「アオジマイコ先生」係

N.D.C.913　248p　15cm

中村ふみ（なかむら・ふみ）
秋田県生まれ、在住。
『裏閻魔』で第1回ゴールデン・エレファント賞大賞を受賞しデビュー。
他の著作に『冬青寺《そよごじ》奇譚帖』『なぞとき紙芝居』『夜見師』『死神憑きの浮世堂』などがある。

講談社X文庫

white heart

炎《ほのお》の姫《ひめ》と戦国《せんごく》の聖女《せいじょ》

中村《なかむら》ふみ

●

2018年12月26日　第1刷発行

定価はカバーに表示してあります。

発行者――渡瀬昌彦
発行所――株式会社 講談社
東京都文京区音羽2-12-21 〒112-8001
電話 編集 03-5395-3507
販売 03-5395-5817
業務 03-5395-3615
本文印刷―豊国印刷株式会社
製本―――株式会社国宝社
カバー印刷―半七写真印刷工業株式会社
本文データ制作―講談社デジタル製作
デザイン―山口　馨

ISBN978-4-06-513350-7

ホワイトハート最新刊

炎の姫と戦国の聖女

中村ふみ　絵／アオジマイコ

天下分け目の女たち。輿入れ先のはずだった豊臣秀次が斃れ、出羽の晴姫は微妙な立場になった。晴姫と行動を共にしていた赤髪の千寿は、出生の秘密を抱えたまま、運命に翻弄されてゆく。

恋する救命救急医

キングの企み

春原いずみ　絵／緒田涼歌

本当のあなたを知っているのは……俺だけ。新人ナースの指導係を任された、フライトナースの筧。だが、フライトドクターの神城に近づこうとするあまり、足手まといになる彼女に、苛立ちがつのり……。

フェロモン探偵 監禁される

丸木文華　絵／相葉キョウコ

男の三角関係、ついに修羅場!?　映の体を仕込んだ因縁の男、蒼井秀一。彼との過去を清算するため、内緒で会いに行った映に、雪也は大激怒。とうとう映を監禁し、雪也は秀一と全面対決することに!?

ホワイトハート来月の予定（2月3日頃発売）

※予定の作家、書名は変更になる場合があります。